30/3 A2-AL 3 €

LES BARRICADES MYSTÉRIEUSES

Qui donc est ce Maranges qui débarque en pleine nuit chez Neubourg pour lui confier d'épaisses liasses de billets ? Le simple "monsieur courses" marron de *Paris-Matin*, le journal où tous deux travaillent ? Un souteneur ? Un joueur endetté ? Un indic ? Et pourquoi disparaît-il aussitôt, obligeant Neubourg à partir à sa recherche, à côtoyer une faune aux intérêts obscurs, à affronter toutes sortes de tueurs, des demi-soldes aux plus dangereux des ripoux ?

Roman d'initiation à l'échec, à l'amour vain, à l'impuissance, *Les Barricades mystérieuses* résonnent comme un coup de pistolet au milieu d'un concert : celui qui chante le naufrage de nos illusions.

SÉBASTIEN LAPAQUE

Sébastien Lapaque est né en 1971. Après des études d'histoire, il s'est tourné vers le journalisme et la critique littéraire. Il a conçu diverses anthologies (*Histoires de Venise*, *Histoires d'éléphants...*), parues aux éditions Sortilèges. Il publie un essai, *Georges Bernanos encore une fois* (L'Age d'homme/Les Provinciales) en même temps que *Les Barricades mystérieuses*. Ce premier roman, truffé de références improbables et lumineuses, se déroule au rythme d'un impeccable polar, à la violence glaçante, au désenchantement radical.

DU MÊME AUTEUR

Georges Bernanos encore une fois, L'Age d'homme/Les Provinciales, 1998.

LES BARRICADES MYSTÉRIEUSES

Collection dirigée par Sabine Wespieser et Hubert Nyssen

ISBN 2-7427-1679-3

Photographie de couverture :
Bernard Pesce

SÉBASTIEN LAPAQUE

LES BARRICADES MYSTÉRIEUSES

roman

Préface de Frédéric H. Fajardie

BABEL

BABEL NOIR

"Le roman noir, parce que c'est la crise, se joue dans un état d'urgence. Il parle du monde, maintenant. Et le monde va vite. Tant pis si nous sommes fatigués."

JEAN-FRANÇOIS VILAR

TITRES PARUS

Jean-François Vilar, *C'est toujours les autres qui meurent*, n° 266.
Dagory, *Maison qui pleure*, n° 267.
Joseph Périgot, *Le Dernier des grands romantiques*, n° 275.
Frédéric H. Fajardie, *Gentil, Faty !*, n° 276.
Michèle Lesbre, *Une simple chute*, n° 281.
Jean-Pierre Bastid, *La Tendresse du loup*, n° 282.
Gérard Delteil, *Schizo*, n° 307.
Jean-François Vilar, *Bastille tango*, n° 318.

Série dirigée
par Jean-Christophe Brochier

EN GUISE DE COURTE PRÉFACE

Chic, un roman noir élégant ! Comme le fit Al Capone à propos de Dion O'Bannion, on se demandait si “le moule n'était pas cassé” en ces temps où beaucoup d'auteurs semblent avoir perdu la manière et le style.

Avec *Les Barricades mystérieuses,* Sébastien Lapaque signe son premier roman, et, dès les premières pages, on devine l'écrivain qui ira son chemin, de toute façon, insensible à l'adversité et sûr de son affaire. On découvre aussi un jeune homme cultivé qui inscrit dans les plis de son récit des notations érudites et charmantes, de celles qui flattent le lecteur et le ravissent. En outre, il y flotte le parfum d'une discrète nostalgie pour un monde qui n'est plus et qu'il faudra peut-être reconstruire. Avec son spleen, ses couleurs et ses odeurs, ce livre atypique parvient cependant à s'inscrire avec originalité dans un genre qu'il respecte.

Car il ne faut pas s'y tromper : *Les Barricades mystérieuses* ne sont pas un de ces navrants polars littéraires que des éditeurs en quête de coups publient parfois après un *brainstorming* orageux et une efficace pression sur le malheureux écrivain au relevé de compte désespérément négatif. Nous en avons trop vu, hélas, de ces auteurs par ailleurs talentueux déboulant avec candeur dans le redoutable corral d'un genre qui a ses lois, ses terribles contraintes et qui est généralement considéré par les fins critiques comme une école de rigueur. Si Sébastien Lapaque soutient son récit d'une belle écriture, il ne court pas après l'effet de style au détriment du déroulement du récit.

Et c'est là peut-être que le vieux professionnel un peu fatigué sursaute : l'écriture soignée et les références parfois à peine déguisées n'ont pas altéré les ingrédients du véritable roman noir : rythme très soigneusement travaillé, plages de réflexions bien cadrées, humour dosé avec subtilité, violence parfaitement maîtrisée. *Les Barricades mystérieuses* ont dû demander beaucoup de patience et de soin. Mais nous le savons tous : une lecture fluide est presque toujours le fruit d'un long travail.

Sans rien dévoiler de l'intrigue, au reste très élaborée, on s'interroge, une fois le livre achevé, sur le sens.

Il est douteux – fort heureusement – que nous tombions unanimement d'accord sur ce point : le roman noir a cette particularité de musarder dans ce que le très regretté Léo Ferré appelait "les rayons de la mort", à quoi nous adjoindrons, tout de même, les rayons de la vie.

Il nous a semblé que *Les Barricades mystérieuses* étaient un roman sur la désillusion et l'impuissance.

Impuissance à avancer dans une affaire qui a sa propre dynamique, impuissance assez poignante du héros par rapport à l'Histoire avec un grand H, celle qui a laissé trop de générations au bord de la route.

L'impuissance ! Si tel est le cas, réussir à rendre passionnant un livre dont le thème central, à l'instar du huis clos, est aussi casse-cou, on ne peut que se tourner vers le jeune auteur et lui dire avec bienveillance : "Bravo et continuez, monsieur Lapaque."

FRÉDÉRIC H. FAJARDIE

Pour Catherine et Pauline

Tribute to Jérôme Leroy

Première partie

MARANGES

Vous avez la police contre vous, et vous ne savez pas ce que c'est que la police !...

HONORÉ DE BALZAC (1799-1850)

I

C'était l'heure des violents. Place Denfert-Rochereau, un faux silence flottait au-dessus des statues désuètes et des squares assoupis. Autour du lion de bronze, soudain plus lourd et plus inquiétant, la chorégraphie improvisée par les feux tricolores retenait à peine les ombres qui glissaient dans la nuit.

Dans une rue voisine, au premier étage d'un immeuble de pierre, Neubourg s'endormit. Il n'avait aucun voisin immédiat. Personne ne pouvait dire quand il avait coupé son radio-réveil. Personne ne l'avait entendu tirer la chasse d'eau.

Au quatrième étage, la seule autre habitante de l'immeuble vivait recluse. C'était une dame âgée dont le visage s'était depuis longtemps refermé autour de souvenirs mystérieux. Au-dessus d'elle, les chambres mansardées étaient épisodiquement louées à des étudiants. Elles étaient toutes vides ce soir-là.

Neubourg occupait un deux-pièces cuisine W.-C. salle de bains chauffé au gaz de ville. Le loyer était excessif, mais il s'en moquait.

— L'argent n'est pas un problème, répétait-il.

On trouve toujours le moyen de le reprendre aux voleurs.

L'appartement était meublé simplement, à l'exception d'un miroir doré accroché dans l'entrée, qui semblait avoir quelque valeur. Des rayonnages occupaient la presque totalité des murs de la chambre. Les livres étaient rangés par ordre alphabétique, avec un embouteillage à la lettre *h*.

Dans la pièce voisine, un fax et un Macintosh étaient posés sur une petite table. Cette présence insolente de la technique constituait un troublant paradoxe chez Neubourg, un nostalgique qui prétendait être de constitution plutôt médiévale. Certains s'en étonnaient. Lui rappelait que toute subversion est intérieure.

L'ensemble était propre et rangé. Dans la cuisine, la vaisselle avait été faite. La table du repas était poussée contre le mur. Elle était entièrement débarrassée, à l'exception d'une carafe d'ancienne facture. La robe d'un vin de Chinon miroitait à travers le cristal et diffusait dans la pièce une lumière douce et violette.

Neubourg était un fidèle de ce cru simple et précieux. Il chérissait la vallée de la Vienne, le silex de ses chemins et l'argile de ses coteaux. Le souvenir illustre des guerres picrocholines demeurait une occasion permanente de lever son verre.

*

Le téléphone sonnait depuis vingt bonnes secondes lorsque Neubourg, arraché à un séjour lointain, consentit à décrocher.

— J'écoute…

— Maranges à l'appareil… Quelque chose de très important… Je passe tout de suite !

Si Neubourg permettait parfois à ses amis de téléphoner en pleine nuit, il ne les laissait en revanche pas débarquer à l'improviste.

— Et si je te disais que j'étais avec une fille ?

— T'es trop con pour ça… Fais pas le malin, j'arrive !

Maranges avait raccroché. Il restait un quart d'heure à Neubourg pour sortir de son lit et se donner un aspect convenable. En deux minutes, il avait enfilé un pantalon, passé un pull et lacé ses chaussures anglaises. Un rapide arrêt devant un miroir lui permit d'inspecter sa figure. Il avait l'œil vif, le cheveu court et la mâchoire épaisse. Les cicatrices sur son visage racontaient chacune une histoire. Son histoire.

Il en avait récolté la plupart face aux compagnies républicaines de sécurité. Ces frasques remontaient déjà à quelques années, pourtant Neubourg n'avait pas fini d'en goûter la subtile saveur. Bonheur de charger à un contre dix les forces de l'ordre. Bonheur des opérations minutieusement préparées, de l'estocade et des courses effrénées pour fuir les boulevards encombrés.

Tout est bon quand on a décidé d'échapper à un temps sans Histoire. A défaut d'avoir vingt ans dans les Aurès ou de connaître l'équivoque de l'Occupation et des dernières guerres coloniales, Neubourg s'était bricolé ses mythologies. Le mauvais goût de ses contemporains le fatiguait. A leur âge, leurs parents rêvaient de faire la révolution, lisaient Gramsci et fredonnaient les airs de Joan Baez. Eux avaient choisi le consensus, les romans de John Irving et les chansons de Jean-Jacques Goldman. Il était impossible de se reconnaître dans cet aveugle troupeau mené par des curés à la gentillesse tolérante, des députés à la modernité pragmatique et des journalistes au moralisme accommodant.

Neubourg se passa la main sur le menton et songea aux circonstances qui lui avaient valu une vilaine marque au-dessus de la lèvre. C'était au moment des manifestations contre la guerre du Golfe. L'époque où les choses avaient commencé à changer. Moins de fric chez les caïmans de la corbeille, moins d'optimisme dans les cours de la Bourse. Les années quatre-vingt s'éloignaient. Un soir, au pont de l'Alma, entre drapeaux noirs et drapeaux rouges, au milieu des vols de pavés, des cocktails Molotov avaient brièvement éclairé Paris. Après cinq heures d'attente, les CRS avaient chargé. Neubourg avait mesuré ses lacunes en matière de boxe lors d'un face-à-face avec un flic. Mais il avait réussi à s'échapper au moment d'être enfermé dans un fourgon.

Il était allé se faire recoudre à l'Hôtel-Dieu. L'interne à qui il avait parlé d'une agression à la sortie du métro avait rigolé.

Sa jeunesse, Neubourg ne l'avait pas économisée. Devant la glace, il jugea qu'il lui en restait quelque chose. Maranges avait pu, à deux heures du matin, lui demander sans plus d'explications de se mettre sur le pied de guerre en quelques minutes.

*

Après avoir effectué un impeccable créneau, Maranges coupa le moteur de sa voiture. A cette heure, aucune lolita ne put apprécier son coup de volant.

Ce n'était pas une raison pour se relâcher.

En descendant, il lustra le haut de la portière avec la manche de sa veste et gratta un insecte écrasé sur le pare-brise.

Sur le boulevard Raspail, il avait poussé sa voiture au-delà du raisonnable. C'était une manie d'enfant gâté. Ce petit gabarit au teint mat respecté sur les champs de course comme un pronostiqueur surdoué avait passé l'âge des bêtises. Ses amis lui disaient : il est inutile de faire de la provocation au volant d'un coupé canari reconnaissable dans tout Paris. Surtout lorsqu'on possède un matricule chargé et quelques ennemis enragés.

Maranges s'en moquait. Depuis l'adolescence, il avait traversé la vie avec hardiesse. Dix fois, vingt fois on aurait dû le retrouver avec du plomb dans le ventre. Il était passé entre les balles. Il aimait les filles, les chevaux et l'argent. Il était comblé.

Avant de téléphoner à Neubourg, il était allé rendre visite à une fille de la rue de Mogador. Un joli brin de femme qui avait perdu l'habitude de le faire payer.

— Parce que tu es un vrai cheval, lui susurrait-elle sur l'oreiller.

Maranges savait que ce n'était pas vrai. Mais il préférait les mensonges d'une professionnelle aux caprices d'une maîtresse.

Les caresses de sa libellule le faisaient encore frissonner lorsqu'il sonna chez Neubourg. Celui-ci ouvrit immédiatement.

— Entre. Je suppose que tu viens me mouiller dans la préparation d'un coup d'Etat. Je veux le ministère de l'Intérieur !...

Maranges avait doucement refermé la porte derrière lui.

— Assieds-toi, lui lança Neubourg. On va se nettoyer l'œsophage avant de passer aux choses sérieuses.

La carafe de chinon était posée sur la table entre les deux hommes. Neubourg sortit deux verres qu'il fit tinter avant de les remplir. Il en tendit un à Maranges et leva l'autre en le faisant tourner.

— Qu'est-ce que tu dis de ce chef-d'œuvre ? Maison Couly-Dutheil ; clos de l'Echo, 1990. Tout en réglisse et en cacao.

Maranges sourit. Ce jargon ne l'avait jamais convaincu.

— Je n'ai pas l'impression que tu sois en grande forme, poursuivit Neubourg. On va se consoler en écoutant Laura Pausini.

Leurs goûts artistiques étaient très différents. Mais ils partageaient une étonnante passion pour la variété italienne. Adriano Celentano, Fabrizio De André et Umberto Tozzi occupaient les places d'honneur de leur panthéon musical. Cette affection décuplait pour les femmes.

— Elles n'appartiennent pas pour rien à la race de Catherine de Sienne et de Sophia Loren, expliquait Neubourg.

Laura Pausini commença à chanter.

Adossé au canapé, les yeux mi-clos, Maranges se laissa enivrer par la voix entêtante de la belle Italienne.

Les deux hommes avaient fait connaissance deux ans plus tôt. Neubourg venait d'intégrer *Paris-Matin*. Maranges était responsable des pages hippiques. Deux étages les séparaient. Ils avaient tout de suite sympathisé. Depuis, ils se retrouvaient tous les jours en fin de matinée. Ils prenaient un jus de tomate sur le zinc d'un bistrot de la rue des Fossés-Saint-Jacques. Les locaux de leur quotidien étaient voisins.

L'après-midi, ils allaient jouer dans un point-courses de la place de la Contrescarpe. Neubourg misait cinquante, cent ou deux cents francs. Maranges déposait cent fois plus. Lorsqu'il faisait un doublé à vingt francs, il lui arrivait de repartir avec les poches pleines de billets. Neubourg, qui tentait des combinaisons impossibles, sortait en maudissant la rivière des tribunes.

Ils allaient boire un verre sur la place. Neubourg, qui se consolait vite, parlait d'Hemingway. Le romancier avait habité cent mètres plus loin, en haut de la rue du Cardinal-Lemoine. Lui aussi aimait les courses et la terrasse des cafés l'après-midi.

Maranges écoutait son ami. Il était heureux. Sa journée était faite. Le soir, il emmènerait une fille dans un grand restaurant ou dans une boîte. Si l'envie lui en prenait, ils finiraient la nuit dans un club échangiste.

Les deux hommes n'avaient aucun ami commun. Neubourg connaissait la réputation sulfureuse de Maranges. Il le savait abondamment fourni en tuyaux hippiques, mesurait l'étendue de ses contacts dans la police et connaissait son goût pour les filles.

Il s'en moquait. Il n'était pas flic. A peine journaliste. Il n'aimait pas fouiller les poubelles et faisait ce métier parce que écrire était son seul art.

Maranges était un frère, un frangin à qui il passait tout.

— Tout ce que tu reproches aux autres est béni chez Maranges, lui avait un jour fait remarquer un ami.

Cette vérité avait eu quelques occasions d'être vérifiée. Elle le fut une fois de plus le soir du coup de fil impromptu. Installé depuis une demi-heure chez Neubourg, Maranges avait consenti à lui exposer l'objet de sa visite.

— … des emmerdes… Une fille me réclame de l'oseille qu'elle ne m'a jamais prêté… Quarante bâtons… J'ai pas d'autres moyens que de te les laisser.

Neubourg, impassible, attendait quelques précisions supplémentaires.

— Tu es la seule personne à qui je peux faire confiance dans cette affaire, insista Maranges gêné. Personne ne viendra te réclamer quoi que ce soit. Je te demande quelques jours…

Les traits de Neubourg remuèrent à peine.

— Pourquoi ne l'enfermes-tu pas dans le coffre d'une banque ?

— Parce que… c'est comme ça… Tu me connais ? Je suis peut-être un voyou, mais je sais ce que c'est que l'amitié. Un pote, c'est quelqu'un qui ne pose pas de questions.

Neubourg avait souri en entendant le mot voyou. Maranges avait toujours aimé en rajouter sur son côté mafieux. L'argot qu'il employait était trop élaboré pour sonner vrai. Et Neubourg trop littéraire pour ne pas se laisser prendre à ce piège. Il aimait le lien féodal qui peut unir deux hommes. Il avait le culte de la parole donnée et s'obstinait à tenir le serment pour un rempart contre la cupidité de son siècle. Il tendit la main.

— Je prends !

Maranges fit claquer ses doigts contre ceux de son ami. Il tira la sacoche en cuir sur laquelle il était assis et l'ouvrit.

— Quarante bâtons… Ça fait toujours moins de papier qu'on pense… Je te les laisse dans la serviette.

Neubourg s'en empara et l'emporta dans sa chambre.

Il revint au bout de quelques minutes.

— Au fait… Qu'est-ce qu'on joue demain ? Tu m'avais parlé d'un crack dans la troisième ?

— Le 302, *Grand Monarque*. Mais j'aurai pas le temps de venir. Je vais te donner de l'oseille. Tu miseras pour moi cinq mille gagnant-placé. Si tu veux t'amuser, tu peux jouer *Thérèse* dans la deuxième. Une bonne chance. Pour les autres courses, je te dis ça demain midi. On peut déjeuner ensemble si tu veux.

Neubourg prit les billets que lui tendait Maranges et les rangea dans la poche avant de son pantalon.

Aussi embarrassés l'un que l'autre, les deux hommes se dirigèrent vers la porte d'entrée. Maranges paraissait traqué. Neubourg le regarda retourner fébrilement les poches de sa veste.

— Fais pas le con, lui demanda-t-il.

Maranges eut un sourire crispé.

— Ne crains rien. Je suis pas un cave.

Et il s'enfuit dans l'escalier.

II

Sur une petite place du 14e arrondissement cajolée par un soleil neuf, des commerçants avaient installé leurs étals pour le marché. Des poissons argentés côtoyaient des pommes rouges et sucrées. Entre un tripier et un fleuriste, un marchand portugais vendait du *vinho verde* et des bouteilles d'*aguardiente*.

Chez un maraîcher, Neubourg attendait entre deux mamans. Le film noir que lui avait joué Maranges ne lui avait pas fait perdre le fil de ses idées. Il avait promis à Mao de dîner avec elle.

Mao. Les femmes essentielles sont toujours celles qu'on laisse filer. Après avoir longtemps joué les moines-soldats, Neubourg avait fini par éprouver cette réalité.

Sa reddition remontait à deux ans.

C'était un après-midi de printemps, un de ces jours qu'il eût mieux valu employer à se promener sur les quais de la Seine. Mais Mao avait choisi ce samedi pour se marier.

Neubourg n'avait pas voulu entrer dans l'église, trop froide et trop triste. Il avait laissé la cérémonie débuter, puis était allé se réfugier dans le premier troquet.

Au comptoir, il avait retrouvé le grand-père du marié, un vieil anar qui n'avait pas déposé les armes.

— Jamais je ne mettrai les pieds chez les curés, avait-il déclaré lorsque Neubourg lui avait tendu la main.

— Je ne reconnais plus l'autorité du Saint-Siège depuis la dispersion des religieuses de Port-Royal le 29 octobre 1709, lui avait répondu le jeune homme. Rome n'est plus dans Rome, elle est toute où je suis. Nous sommes faits pour nous entendre.

Ils avaient trinqué et refait l'histoire contemporaine pendant que les mariés se promettaient fidélité. La guerre d'Espagne les avait mis d'accord. Ils avaient reconstitué les combats de juillet 1936 dans les rues de Barcelone. Neubourg avait improvisé une barricade sur le comptoir. Le grand-père avait lancé de vieux slogans immédiatement repris par le jeune homme. Tournée après tournée, au milieu de la fumée des cigarettes et des consommateurs ébahis, le crépitement des mitrailleuses était devenu plus réaliste dans leurs gorges rauques.

La réception avait été une tragédie. Mao était splendide dans sa robe de soie. Ses cheveux tirés en arrière retombaient sur ses épaules en boucles infinies. Ses traits, allongés à l'horizontale, renforçaient la douceur de son visage. Neubourg avait cherché un éclat triste dans ses yeux. Il n'avait rien trouvé.

Cette imbécile était heureuse. Heureuse un jour avec un mari momifié dans une jaquette ridicule, avec une lavallière rouge autour du cou et un œillet blanc à la boutonnière.

Neubourg avait été étrangement aimable avec ce crocodile archidiplômé prénommé Guillaume, qui se faisait appeler Bill pour que l'on sache qu'il avait étudié à Harvard. Cet ahuri jouait les flingueurs pour une boîte de chasseurs de têtes, et le jeune homme avait fait semblant de s'intéresser à ses activités.

A table, Neubourg avait laissé les amis du marié broder sur leur funèbre quotidien. Il fallait se taire ou tout casser.

"Trop soûl pour me battre", avait-il jugé.

Les femmes qui l'entouraient étaient aussi clinquantes et sinistres que leurs conversations, leurs carnets d'adresses, leurs dîners en ville et leurs vacances à Saint-Tropez.

Pourquoi leur avoir laissé Mao ? Mao, si libre et si gaie. Neubourg se l'était demandé dès le lendemain. Il lui avait fallu le désastre du mariage pour s'en inquiéter. L'épreuve d'une défaite.

Neubourg ne se résignait pas à abandonner son amie aux décideurs illettrés qu'elle fréquentait avec son mari. Ce dernier lui facilitait la tâche : il n'était jamais chez lui. Mao, pourtant, était sa femme.

Cette réalité avait permis à Neubourg de faire l'expérience du désir. De découvrir un sentiment complexe, une disposition aussi physique qu'intellectuelle qui lui nouait l'estomac.

La jeune femme n'avait jamais prêté attention aux tourments de son ami. Selon son humeur, elle profitait d'un amoureux, d'un poète, d'un aventurier, d'un bagarreur ou d'un cuisinier sans se sentir engagée. Elle montrait, dans ses attachements, une espèce de langueur qui lui interdisait de céder rien d'elle-même.

Neubourg le déplorait secrètement, ce vendredi matin, en choisissant ses légumes. Son approvisionnement fut pourtant méticuleux : deux poivrons rouges, trois avocats, deux oignons, des tomates en grappe, des aubergines, du fenouil, quelques brocolis, de l'ail et de la coriandre. Il avait toujours pensé qu'il finirait par avoir Mao grâce à ses talents de marmiton.

Les légumes payés, le jeune homme se dirigea vers le marchand de journaux. Il prit *L'Equipe*, *Libération*, *Le Monde diplomatique*.

— Je ne me suis toujours pas remis de la dernière journée de championnat, lança-t-il au commerçant. Dire que le Red Star devra encore attendre pour monter en première division…

Depuis longtemps, Neubourg avait renoncé à s'intéresser au Paris-Saint-Germain et à ses supporters abrutis. Il attendait que les garçons de la banlieue rouge viennent faire la nique aux cadors du Parc des Princes. Le kiosquier était d'accord.

— Perdre à domicile, souffla-t-il en tendant la monnaie. C'est inexcusable. Heureusement que le PSG n'est pas champion...

Neubourg le quitta après avoir plié ses journaux.

Dans l'instant, son problème majeur était de savoir ce qu'il allait faire du trésor caché dans sa chambre. Il imaginait mal le laisser chez lui toute la journée.

Son horoscope, écouté à la radio, ne l'avait guère rassuré : "Verseau, surveillez vos humeurs, elles pourraient nuire à vos entreprises. Ne croquez que ce que vous êtes sûrs de pouvoir digérer. Les premier et deuxième décans s'efforceront de s'entourer de précautions. Le troisième, plein d'entrain et d'esprit, évitera de naviguer dans l'utopie."

Neubourg n'avait jamais rien compris au système des décans, ce qui laissait au message un caractère à la fois mystérieux et inquiétant.

Le courrier qu'il ramassa sous son paillasson était certainement un premier signe de la colère des astres. Des sigles officiels annonçaient le contenu maudit des enveloppes. Il les lança dans un grand vase en métal posé dans sa chambre.

Il rangea les légumes dans la cuisine ; puis il prit quelques affaires sur son bureau, ferma son cartable après avoir glissé ses journaux à l'intérieur. Il ne savait toujours pas quoi faire de la sacoche de Maranges. Elle ne risquait pas grand-chose chez lui. Mais il ne voulait pas prendre de risques. Après maints colloques intérieurs, il décida de la laisser là où elle était.

— A la grâce de Dieu, murmura-t-il en refermant la porte.

Le Grand Dab, hélas, n'a jamais eu de clémence pour les magots louches et les trafiquants de tuyaux hippiques.

Certaines violences s'annonçaient, beaucoup plus inquiétantes que le bruissement réprobateur des astres dans l'infini.

*

Neubourg était en train de donner des coups de pied dans la machine à café de la rédaction de *Paris-Matin* lorsque Marin lui posa la main sur l'épaule.

— On ne dit plus bonjour ?...

Le jeune homme tapa du plat de la main sur le monnayeur. Deux pièces descendirent. Il les récupéra en marmonnant.

— Saloperie... Elle a encore essayé de me voler deux balles...

Il se retourna.

— Excuse-moi... Je ne suis pas bien ce matin. On va aller chercher deux cafés en bas.

Marin partageait depuis deux ans le bureau de Neubourg au troisième étage de *Paris-Matin*. Ancien professeur de lettres, c'était un pilier de la maison. La cinquantaine bien sonnée, un costume en toile noire, un peu de ventre sous sa chemise blanche, il avait les yeux clairs et des cheveux gris qu'il faisait couper court.

A la fac de Nanterre, il avait été le meneur d'un groupe prochinois à la fin des années soixante. Ses idées n'étaient pas à proprement parler les mêmes que celles de Neubourg. Les deux hommes étaient cependant d'accord sur l'essentiel. Marin s'acharnait à maudire la société qu'il avait combattue à vingt ans. Il pleurait une révolution qu'il n'avait jamais faite. Ces vieux rêves amusaient ses contemporains bedonnants. Ils continuaient pourtant d'agir dans son cœur comme un vilain poison.

Marin avait découvert Neubourg comme une consolation inattendue. Le jeune homme accordait à ses colères et à ses haines un intérêt dont ses compagnons de combat d'autrefois se montraient incapables. Lui seul, parmi les garçons de sa génération, mesurait la puissance destructrice de certains reniements. Il avait de la vie une conception ludique, catholique et guerrière qui lui permettait de dépasser les plus improbables contradictions, de résorber les plus obstinées querelles et de consumer les plus secrètes inquiétudes. Ses ennemis le disaient versatile, infantile, capricieux, incontrôlable et dangereux. Il comprenait pourtant certaines vieilles rancœurs et prenait au sérieux les chimères qui avaient occupé la jeunesse de Marin. Il partageait son amertume, habitait ses rêves et ses dégoûts.

Marin avait un réservoir d'anecdotes dont Neubourg profitait sans mesure. Il ne se lassait pas d'entendre son aîné raconter ses campagnes. Le film cent fois joué, cent fois rembobiné de ses exploits l'enchantait. Le jeune homme n'arrivait pas à se consoler avec ses propres souvenirs d'étudiant. Il avait connu les manifs, la distribution de tracts à la sortie des lycées, les prises de parole au mégaphone, la castagne contre les flics. Mais il lui semblait avoir surtout cherché la reconstitution historique, avoir vécu par procuration. Il ne se satisfaisait pas du destin de sa génération condamnée à inventer l'Histoire dans le souvenir des autres.

Les récits d'anciens combattants n'occupaient pas toutes les conversations de Marin et Neubourg. Ensemble, ils aimaient commenter l'actualité sportive, parler de littérature, échanger des conseils culinaires. Marin, qui assurait être passé du marxisme-léninisme au socialisme utopique, confessait des passions singulières. Ses maîtres en littérature s'appelaient Plutarque, Georges Bataille et Paul Morand. Il était incollable en linguistique. Son petit appartement de la rue de l'Ouest abritait une collection de revues à faire pâlir le mieux fourni des bibliothécaires.

Dans la fiction, ses héros se nommaient Daniel d'Arthez, Winston Smith et le colonel Cantwell. Dans la vie réelle, le prince de Ligne, Louis Auguste Blanqui et Pierre Troisgros. Les minutes irréelles qui séparent la fin de la nuit et le début du jour, l'aube alternativement jaune, rouge et bleue, était le moment de la journée qu'il préférait. Il dormait peu, lisait beaucoup, allait souvent au cinéma. Une douzaine d'huîtres et une bouteille de muscadet lui suffisaient pour être heureux les soirs d'été.

Remontés avec deux cafés, Neubourg et Marin s'étaient installés à leur bureau.

— Qu'est-ce qu'on fait pour Maranges ?

L'inquiétude avait creusé le visage de Neubourg.

— Le patron attend depuis longtemps une occasion de le mettre dehors. Cette fois-ci, je crois qu'il en tient une. Il est onze heures, cela fait deux heures que j'essaie de le joindre sur son portable. Il ne viendra plus.

Neubourg avait une confiance absolue en Marin. Il ne pouvait pourtant pas lui confier l'inquiétude que lui avait causée sa dernière entrevue avec Maranges.

— Je l'ai eu hier soir au téléphone. On devait se voir ce matin. Peut-être qu'il s'est engueulé avec une fille…

— Ne me raconte pas ça… Tu connais mieux Maranges que moi, il est mouillé dans assez d'affaires pour qu'on le retrouve un jour en train de pourrir dans une benne à ordures… Les romances et les histoires à l'eau de rose ne collent pas avec son pedigree.

Marin cessa de se balancer sur sa chaise et attrapa le paquet de Peter rouges posé sur son bureau. Il donna une pichenette et tira une cigarette entre ses dents.

— Tiens, donne-moi du feu au lieu de raconter des bobards…

— Tu sais que je ne fume pas ! lui répondit Neubourg qui avait les traits angoissés d'un bagnard qu'on aurait obligé à boire le Potomac à la petite cuillère.

— Et puis merde !… fit Marin en remettant la cigarette dans le paquet. La page hippique doit être bouclée dans deux heures… En bas, ils commencent à se demander si elle va arriver…

— On va improviser. Tu vas te charger de récupérer un exemplaire de *Paris-Turf*. J'ai deux trois tuyaux pour ce week-end… Je vais téléphoner à quelques entraîneurs… Le maquettiste qui monte les pages connaît aussi bien les canassons que Maranges…

— Et le patron ?

— Il est au courant ?

— Ça fait une heure que l'orage gronde du côté du secrétariat de rédaction. Louis Louis suit ce qui se passe dans sa taule !

— Je m'en occupe… Je vais m'arranger pour écraser le coup…

Neubourg se leva. Dans ses yeux rôdaient des desseins inavouables. Marin lui laissa la responsabilité de sa stratégie.

En montant au troisième étage, Neubourg croisa Sidonie. Le visage rond, le minois affriolant, une jolie coupe au carré. Il répondit à peine au bonjour de la journaliste. Plus loin, il salua la secrétaire du patron. Mais celle-là n'était pas pour lui.

*

— Entrez, Neubourg !

Louis Louis avait quitté son fauteuil pour accueillir le journaliste. Il portait des chaussures en cuir de couleur claire, un pantalon en laine marron, une veste en tweed et un gilet en daim jaune qui renforçait sa ressemblance avec Achille Talon.

Après quelques essais malheureux, cet aventurier avait réussi à imposer un quotidien sur un marché saturé. *Paris-Matin* était un journal étonnant dans lequel avaient trouvé refuge ceux qui ne pouvaient travailler ailleurs. Un phalanstère mystique dans lequel on aimait encore l'odeur du plomb, la langue française, les feuilletons littéraires et les faits divers.

— Qu'est-ce que vous avez encore comme projet farfelu ? demanda Louis Louis à Neubourg. Un enquête sur les lecteurs de grec à l'université de Pékin ?

— Pire que cela… hésita le jeune homme. Je viens au sujet de Maranges…

— Maranges ! Je ne sais pas s'il a besoin de vous pour parler à sa place…

— Parler à sa place, non… Mais il m'a demandé de préparer sa page aujourd'hui… Il est parti trois jours au Lion d'Angers.

Neubourg avait lancé le premier nom qui lui était passé par la tête. Une sonorité qui lui plaisait. Ce nom de Lion d'Angers l'avait toujours fait rêver. Il ne connaissait ni la ville ni son champ de course. Mais son évocation éveillait en lui des images de chevaliers, de batailles rangées et d'amour courtois. Les Plantagenêts furent longtemps les maîtres de ce bourg. Avant de partir pour l'Orient, Richard Ier en avait certainement foulé le pavé. Neubourg imaginait que c'était lui le Lion d'Angers.

Loin de ces considérations médiévales, Louis Louis s'étonna.

— Parti trois jours… Sans prévenir ?

— Je devais m'en occuper… Tout s'est décidé dans l'urgence…

— Et pourquoi personne n'arrive à le joindre ?

— Son portable doit être débranché… Il aime être tranquille pour travailler…

Le patron de *Paris-Matin* fixa longuement le journaliste.

— Neubourg, je n'ai pas envie de voir une nouvelle fois le nom de Maranges dans toute la presse lundi matin…

A la grande fureur de son patron, le pronostiqueur avait été impliqué quelques mois auparavant dans une affaire de courses truquées. Heureusement, aucune poursuite n'avait été ordonnée.

Neubourg regarda Louis Louis droit dans les yeux.

— Lundi matin, Maranges sera là. Aujourd'hui, Marin et moi nous occupons de sa page. Et personne ne viendra vous reprocher de faire travailler Maranges.

Le directeur de *Paris-Matin* soupira.

— Je vous laisse la responsabilité de vos promesses. Je ne sais pas ce qui vous lie, mais cela va finir par vous nuire…

Il se leva.

— A votre âge, Neubourg, j'étais aussi fêlé que vous. L'époque n'était pas la même… Mais un Maranges n'aurait jamais été mon ami… Je le fais travailler, c'est bien le maximum que je puisse pour lui. Allez !… Je ne veux rien savoir. Lundi matin, Maranges sera à son bureau à neuf heures.

Neubourg inclina respectueusement la tête. En relevant les yeux, il regarda les objets farfelus qui encombraient le bureau. Il s'attarda sur le visage de son patron. Louis Louis jouait les patriarches. Pourquoi priver ce vieux dingue d'une réplique de samouraï ? Neubourg n'osa pas.

III

Installée sous une large voûte, la salle semblait enfouie des kilomètres sous terre. Neubourg et Marin aimaient ce restaurant grec caché dans une rue inaccessible aux touristes.

Une serveuse aux longues mains blanches leur apporta le plat de poisson grillé et la carafe de *retsina* qu'ils avaient commandés. Marin ne put s'empêcher de la retenir.

— Vous savez pourquoi les vignerons grecs parfument leurs vins avec de la résine ?

Elle sourit doucement. Encouragé, Marin poursuivit.

— Pour retrouver l'arôme que prenaient les vins transportés dans des amphores scellées avec de la résine. Le goût de l'antique…

— Laisse travailler cette fille, coupa Neubourg.

Marin se tut. Il prit ses couverts et commença à manger. Neubourg l'observa. Les recherches que le jeune homme avait décidé d'entreprendre pouvaient très rapidement prendre un tour militaire et même se doubler d'affrontements armés. Il aurait besoin de Marin. Il détenait le savoir-faire, il avait d'innombrables contacts et possédait un courage physique impressionnant.

— Pour Maranges… commença Neubourg.

Marin leva les yeux. Il sourit. Il avait compris. Son comportement depuis ce matin n'avait laissé planer aucun doute. Il avait aidé Neubourg à apaiser la colère de Louis Louis. Admirables dans l'improvisation, ils avaient préparé la page courses avec une rare efficacité. Neubourg avait téléphoné aux entraîneurs et Marin avait fait la synthèse des pronostics des journaux qui traînaient sur le bureau de Maranges. En une heure, ils avaient fini.

— Pour Maranges ?… reprit Marin qui avait posé ses couverts et croisé ses mains au-dessus de son assiette.

— Il est passé me voir hier soir. Il était nerveux… Des problèmes d'argent… Quelqu'un lui réclame une grosse somme…

Neubourg marqua une pose et but une gorgée de vin.

— Ça pue ? fit Martin.

— Plus que tu ne le penses. Hier soir, Maranges m'a laissé quatre cent mille francs en liquide. C'est le fric qu'on lui demandait.

Sans se laisser impressionner, Marin reprit ses couverts.

Fébrile, Neubourg avait repoussé son assiette.

— Quel est ton plan de bataille ? lui demanda son ami.

— Remettre la main sur Maranges, boucler mon enquête pour *Paris-Matin*, et s'il me reste du temps, arracher Mao à son imbécile de mari. Le tout est de savoir dans quel ordre.

— Tu vois toujours cette Mao ? Tu devrais lui parler du fric que Maranges gagne sur le dos de filles qui travaillent sur le trottoir…

— Je ne sais même pas d'où vient cet argent. Putes, jeu, racket… Avec Maranges tout est possible. Y compris une somme honnêtement gagnée.

— Cette dernière hypothèse me paraît la moins probable. Je te trouve bien peu scrupuleux avec un pactole qui sent l'argent sale à des kilomètres.

— Pour moi, l'argent, c'est toujours sale, coupa Neubourg agacé. Alors… Un peu plus ou un peu moins…

— Là, c'est plutôt un peu plus…

— Je m'en fous ! Je veux retrouver Maranges. Tu connais le bonhomme. S'il n'était pas au journal ce matin, c'est qu'il s'est passé quelque chose de grave. Il a dû tomber dans un traquenard. On n'est pas très nombreux à pouvoir lui sauver la mise.

— Tu n'es ni son garde du corps ni son associé, insista Marin. Je ne vois pas pourquoi tu t'engages tête baissée dans cette affaire… Tu veux qu'on te retrouve découpé en petits morceaux dans une poubelle ? Je ne te demande pas d'aller porter le fric de Maranges au commissariat le plus proche ! Mais fais-toi oublier jusqu'à ce que Maranges réapparaisse ! Les quarante bâtons qu'il t'a laissés, il y a bien quelqu'un qui va essayer de remettre la main dessus ? Tu n'es peut-être pas obligé de lui envoyer un faire-part pour lui expliquer que tu es le nouveau trésorier de Maranges.

— Je ne veux rien savoir, répondit Neubourg. Il faut agir vite. Lundi, il sera trop tard. Je me suis engagé auprès de Louis Louis.

— Et alors ? Tu vas fouiller la rue Saint-Denis avec ta loupe et ton calepin, demander aux frangines si elles n'ont pas vu Maranges ?

Neubourg remua la tête d'un air désespéré. Ses conversations avec Marin se déroulaient toujours sur ce mode. Il suffisait que l'un ait adopté une position, pour que l'autre choisisse le point de vue adverse.

— Marin, je vois que ta formation t'a marqué au fer rouge. Je te félicite pour ton appréhension dialectique du réel. Tu es resté un hégélien pur jus. Tu me permettras de m'en tenir à une vision droitière et petite-bourgeoise des choses… Je veux retrouver Maranges !

Marin esquissa un sourire. Le jeune homme avait réussi à reprendre le dessus.

— Les choses vont se passer de façon extrêmement simple, poursuivit Neubourg. Tu vas essayer de savoir si la voiture de Maranges n'a pas été localisée depuis hier soir. Ensuite, tu vas creuser un peu plus et chercher s'il n'a pas été récemment mouillé dans une quelconque affaire. Il était peut-être surveillé. Je suppose que parmi les filles qu'il fréquente, il doit y avoir quelques professionnelles de la délation.

— En parlant de professionnelles, tu connais celles avec qui il passe ses journées au téléphone ?

— Pas toutes. Il y a la Marquise, rue de Mogador. J'en connais deux ou trois autres de nom, mais je serais bien incapable de les retrouver. Il y a aussi une fille avec qui il a plus ou moins vécu… Maranges s'est gardé de lâcher le moindre nom.

— Je suppose que ce n'est pas à son adresse dans le 7e qu'on trouvera quoi que ce soit…

— Il faut voir… Il m'a emmené un jour rue du Bac. Il n'y a pas grand-chose là-bas : un lit, un canapé, une table basse. L'appartement lui sert de garçonnière. Il m'a aussi parlé d'une autre adresse, derrière les Invalides. Mais je ne crois pas qu'il la fréquente beaucoup…

Pendant que Neubourg parlait, la serveuse reprit leurs assiettes et emmena le plat.

— Quelque chose d'autre, messieurs ?

— Nous allons prendre deux cafés, répondit Marin. Servez-nous un digestif qui nous réchauffe le cœur.

Les deux hommes s'étaient tus. Ils n'osaient plus se regarder. Marin détaillait la décoration de la salle. Neubourg jouait avec des miettes de pain accrochées à la nappe.

La serveuse revint avec deux tasses de café et deux verres d'alcool ambré.

— Le *metaxa* est offert par la maison, dit-elle en tendant l'addition.

Les deux hommes vidèrent leur verre d'un trait. Marin prit la note et la remplaça dans la soucoupe blanche par deux billets.

Ils se levèrent.

— Je vais aller jouer place de la Contrescarpe, lança Neubourg en sortant du restaurant. Les chevaux me détendront. Ensuite j'irai faire un tour. Pense à ce que je t'ai demandé. J'essaierai de t'appeler dans la soirée.

Ils se séparèrent au bout de la rue. Marin leva la main en signe d'encouragement

*

Neubourg entra dans la salle enfumée du PMU. Au-dessus de sa tête, il regarda la vue générale de l'hippodrome d'Auteuil sur une série d'écrans. La rumeur du champ de courses amplifiait le vacarme de la salle. Neubourg dévisagea les parieurs : beaucoup de restaurateurs de la rue Mouffetard venus faire fructifier leur recette. Ils échangeaient leurs tuyaux avec nervosité, surchargeant leurs journaux de hiéroglyphes ésotériques.

Des courtines, Neubourg aimait l'ambiance surannée, les casaques colorées des jockeys et la crinière des chevaux. Il n'avait jamais été un parieur très heureux. Trop sensible à la poésie des noms – *My Chance, Exit To Glory, Dandy Love* – ou à leur résonance littéraire – *Fier Ulysse, Eternel Dante, Magic Alceste.*

Un murmure emplit la salle quand les chevaux apparurent à l'écran. Neubourg consulta les cotes. Les joueurs se pressèrent autour de la caisse. Une blonde diaphane enregistrait les paris.

Neubourg se réservait pour les courses suivantes. L'esprit ailleurs, il regarda partir les chevaux. Une pouliche noire montée par un jockey à la toque rouge prit rapidement l'avantage. Ses poursuivants s'installèrent derrière elle en file indienne. Au passage de la rivière des tribunes, le jockey du cheval de tête commit une maladresse. Trois autres pouliches prirent l'avantage.

Les parieurs s'agitèrent. De la confusion qui suivit, Neubourg retint les noms de *Madonna Lilly*, d'*Ubu Queen* et de *Princesse de Cao*. La première prit l'ascendant sur le plat tandis que ses compagnes se disputaient les deuxième et troisième places. Huit, as, cinq : l'arrivée plongea la salle dans la stupeur. Des reçus volèrent. Quelques jurons fusèrent en diverses langues.

Neubourg se leva. Il avait besoin d'aller respirer dehors. Les esprits avaient le temps de s'apaiser d'ici la deuxième course. Il ouvrit *Paris-Turf*. Le cheval conseillé par Maranges était le treize, *Eminence Jaune*. Les spécialistes ne le donnaient pas favori. Avec un peu de chance, ce canasson réussirait à voler la course.

Dans la rue, Neubourg examina le flot de touristes qui descendaient du Panthéon. Des Japonais avec leur sale manie de tout photographier, des groupes venus d'Allemagne, quelques Américains. Ils avaient tous les mêmes chaussures ; leurs pulls portaient les mêmes slogans ; leurs estomacs digéraient les mêmes hamburgers.

— Cosmophilie de galerie marchande, murmura Neubourg.

Il avait lu cette expression quelque part et trouvait qu'elle collait plutôt bien à la situation. Ces zombies migrateurs n'avaient rien de commun avec les Italiens, les Grecs et les Tunisiens qui pariaient à l'intérieur. Malgré l'électronique et malgré les écrans, ces enfants de la Méditerranée prolongeaient trente siècles d'histoire. A Rome, Carthage, Athènes, leurs ancêtres avaient aimé les mêmes jeux. Ni la misère, ni la confusion du monde n'empêchaient leur cuisine, leur langage, leurs mœurs de témoigner pour la civilisation.

Le jeune homme regagna la salle. La cote d'*Eminence Jaune* était affichée à huit contre un. Neubourg s'avança jusqu'à la caisse.

— Treize, cent fois gagnant, cent fois placé, glissa-t-il.

Il prit son bordereau de jeu et alla s'installer sous un récepteur.

Les chevaux s'élancèrent. Neubourg regarda d'un mauvais œil trois d'entre eux s'installer aux avant-postes et laisser *Eminence Jaune* fermer la marche. A la rivière des tribunes, le groupe de tête creusa l'écart et laissa ses poursuivants s'expliquer avec l'obstacle.

Les efforts d'*Eminence Jaune* pour combler son retard étaient pathétiques. Autant demander à un percheron de remporter l'Arc-de-Triomphe. Après le passage des deux dernières haies, le cheval avait dix longueurs de retard.

Neubourg, qui savait que tout désespoir avec les canassons est une sottise absolue, se leva pour l'encourager. Mais *Eminence Jaune* fut incapable d'accélérer et finit la course après avoir complètement lâché prise.

— A la boucherie ! cria Neubourg en déchirant son bordereau qui vola en confettis au-dessus de sa tête.

Les autres parieurs le regardèrent curieusement.

"Maranges a le chic pour conseiller des chèvres, songea-t-il. Il faut absolument que je me refasse dans la troisième."

Sur *Grand Monarque*, Maranges l'avait chargé de jouer cinq mille francs. Cela aurait pu être bon signe. Neubourg connaissait trop le pronostiqueur pour être rassuré par ce pari. Pour gagner gros, cet insensé avait l'habitude de jouer risqué. Il tirait régulièrement des chèques importants au Pari mutuel urbain, mais il perdait des sommes considérables. Tout cela participait de son éthique de la dépense. Maranges, c'était le Fouquet des PMU.

"Qu'il applique cette philosophie au turf ! rumina Neubourg. Le problème est qu'il a tendance à étendre cette méthode à la gestion de ses points de vie. Et quand il aura du plomb dans le ventre, ce ne sera plus la peine d'essayer de se refaire..."

Sur ces mauvaises pensées, le jeune homme vit que *Grand Monarque* était annoncé à six contre un. Il cessa de se tourmenter et joua les cinq mille francs de Maranges et deux cents francs de sa poche sans chercher à réfléchir. Gagnant-placé. Ce bourrin était peut-être capable de finir dans les trois premiers.

La course partit très vite. *Grand Monarque* prit un bon départ.

"Trop bon", estima Neubourg.

Le cheval s'installa dans le groupe de tête à la sortie du premier tournant. Son jockey portait une toque noire et casaque rouge frappée d'une croix de Lorraine. Il n'avait pas l'air d'être manchot.

En troisième position lors du passage devant les tribunes, *Grand Monarque* semblait très facile au moment d'aborder le gros open ditch. Ses concurrents l'étaient autant que lui. Il eut beau allonger sa foulée à l'entrée du dernier virage, il gardait toujours une longueur de retard sur eux.

Lorsqu'il vit trois poursuivants revenir à sa hauteur, Neubourg blêmit.

— Vas-y *Grand Monarque* ! hurla-t-il.

Entre les deux derniers obstacles, le cheval perdit encore du terrain. Neubourg se mordit les lèvres. Une chute sur la dernière haie ! Le jeune homme ferma les yeux.

Imperturbable, *Grand Monarque* avait cependant poursuivi sa course sans se laisser impressionner par les pirouettes de ses petits frères. Sur le plat, il fut héroïque. Après une splendide remontée, il passa les chevaux de tête à deux longueurs du poteau.

— Deux, sept, dix ! C'est l'arrivée dans l'ordre ! annonça le commentateur.

Neubourg leva les bras. Cette fois-ci, Maranges ne s'était pas moqué de lui.

Les rapports tombèrent vite : 5,40 francs gagnant et 1,90 francs placé. Neubourg empocha les gains. Comme il l'avait tant de fois vu faire Maranges, il prit l'argent et laissa un billet à la caissière après avoir vérifié que le compte y était.

Les affaires reprenaient.

*

Neubourg quitta les parieurs et traversa la place de la Contrescarpe en direction de la rue du Cardinal-Lemoine. Devant le 74, il leva rapidement les yeux vers la plaque de marbre qu'il connaissait par cœur.

De janvier 1922 à août 1923 a vécu,
au troisième étage de cet immeuble,
avec Hadley, son épouse,
l'écrivain américain
Ernest Hemingway
1899-1961

Puis il accéléra le pas jusqu'à la rue des Ecoles. Il était presque quatre heures. Des grappes d'étudiants sortaient de Jussieu. Certains s'étaient déjà installés à la terrasse des cafés. Neubourg passa devant le Paradis Latin et poursuivit jusqu'à la Seine.

Il fit signe à un taxi qui s'arrêta à son niveau.

— Je vais boulevard Haussmann. Vous m'arrêterez devant le Printemps, lâcha-t-il au conducteur.

L'air rafraîchi par la climatisation lui fit du bien. En bas du boulevard Saint-Michel, le taxi s'englua dans le trafic. Neubourg s'assoupit.

Il fut tiré de son demi-sommeil par les éclats de rire du chauffeur, un Africain à l'accent de comédie.

— Ce mec est complètement dingue ! s'écriait-il en tapant du poing sur le volant.

Neubourg regarda rapidement autour de lui.

— Ecoutez-le, fit le conducteur en tournant le bouton de l'autoradio.

Une voix déformée sortait des enceintes installées sur la plage arrière. Un caudillo d'opérette déversait son venin contre le reste de l'humanité. Neubourg avait l'esprit trop confus pour comprendre quoi que ce soit. Les signaux sonores se mélangeaient dans ses tympans. Le rire du conducteur, les coups de klaxon et les obscénités du tribun de service formaient un seul écho.

Neubourg eut une poussée de sueur.

Il se demanda ce qu'il faisait là, dans cette Mercedes blanche, le long de la Seine, avec un conducteur qui riait aux larmes et la radio qui crachait des saloperies en stéréo. Il se dit que tout ce qui lui arrivait depuis hier soir était une machination. Ce n'était pas possible. Ils étaient tous de mèche. Ils s'étaient ligués contre lui. Les courses étaient truquées. Mao ne viendrait jamais ce soir.

Pendant ce temps-là, l'autre furieux continuait de brailler dans les enceintes. Contre les impôts, contre les ministres, contre les syndicats, contre les multinationales, contre les Arabes, contre les Américains, contre les lobbies, contre les journalistes, contre la télé, contre les jeunes, contre les Noirs, contre les juifs, contre les pédés... Il hurlait à s'en faire péter les cordes vocales.

Les pensées de Neubourg se confondirent dans un brouillard serré. L'angoisse lui plomba le gros intestin.

"C'est une immense mise en scène, songea-t-il. Ils participent tous à la comédie depuis un grand studio de télévision. C'est le cerveau du complot. Depuis longtemps les hommes politiques, les magistrats les journalistes, les industriels sont tous complices.

Depuis longtemps ils ne sont qu'une dizaine et changent de maquillage régulièrement. Depuis longtemps celui qui est en train de faire l'agitateur méchant méchamment est aussi le président de la République. Demain il sera un meneur syndical. Depuis longtemps le chauffeur du taxi est dans la combine. Il va me livrer et je serai enfermé dans les sous-sols du studio OÙ TOUT SE JOUE. Lumière, innocence, éclat. Je subirai la torture. Ténèbres, violence, syncope. J'aurai un œil arraché. On me réclamera la sacoche de Maranges ; on me menacera ; on me blessera ; on me vexera ; on me tourmentera ; on me questionnera. Ah ! d'où vient cet argent ! monsieur Neubourg. J'aurai l'oreille broyée par une tenaille. Ah ! d'où vient cet argent ! dira un homme habillé en noir. Il s'approchera. Ce n'est pas très correct ce qu'a fait votre ami Maranges. D'où vient cet argent ! Il a cru qu'on pouvait trafiquer aux courses et jouer les proxénètes, les maquereaux, les truands à temps partiel, alors que tout nous appartient. Vous m'entendez ? Détaillez, monsieur Neubourg ! Tout tourloutoutou nous appartient ! Alors d'où vient cet argent ! Nous avons contacté un de vos collègues, il n'a pas été raisonnable.

Il s'appelait Marin, mari, marionnette.

Il s'est précipité par la fenêtre.

C'est excessif effectivement. Vous serez plus sage. Je renverserai la sagesse des sages, je réduirai la science des savants. D'où vient cet argent ! Notre argent monsieur Neubourg ! Vous travaillerez avec nous. Vous nous aiderez à retrouver Maranges…

Deux hommes aux blouses blanches bizarres s'approcheront avec une longue seringue..."

— Aïe !...

— Ça va monsieur ?

Le chauffeur de taxi jeta un coup d'œil dans le rétroviseur et vit son passager qui se tenait l'avant-bras.

— Ce n'est rien, répondit Neubourg. Une crampe.

Ils étaient arrivés place de la Concorde. A cette heure-là, la circulation était encore fluide. Ils s'engagèrent rue Royale, coupèrent le boulevard, contournèrent la Madeleine.

Neubourg regarda rapidement les voitures qui stationnaient derrière Fauchon. Une de ces amazones devait connaître Maranges. Le pronostiqueur lui avait parlé d'une certaine Lucette.

— La plus belle donneuse de Paris, avait-il précisé.

Ce n'était peut-être pas celle-là qu'il fallait aller voir.

Le taxi tourna rue Tronchet.

— Laissez-moi au bout, demanda Neubourg.

IV

Une foule mélangée trottait autour des grands magasins. Les employés de bureau, les femmes aux bras chargés de paquets et les jeunes filles en robe d'été donnaient au boulevard une allure de fourmilière. Neubourg s'essuya le front. Même pour un mois de juin, la température était élevée. Il avait chaud sous son polo. Pour cette manche, le costume gris, la chemise blanche et la cravate étaient restés au vestiaire. Un déguisement emprunté à l'imaginaire mafieux n'est pas idéal pour passer inaperçu.

Après avoir regardé deux ou trois vitrines, Neubourg arriva en bas de la rue de Mogador. Il ne savait pas comment procéder. Maranges lui avait souvent parlé de la Marquise. C'était une régulière. Lorsqu'il traversait le quartier en voiture, le pronostiqueur ne pouvait pas s'empêcher de passer dans sa rue. Neubourg avait eu l'occasion de la voir. Mais c'était surtout sa voix qui lui était familière. Elle appelait souvent au journal. Le jeune homme avait eu l'occasion d'échanger quelques mots avec elle. Le grand art consistant à parler aux putains comme à des femmes du monde et à prendre les femmes du monde comme des putains, sa courtoisie avait toujours été irréprochable.

Il arriva au niveau de l'agence immobilière près de laquelle la Marquise avait l'habitude d'officier. Personne n'était sous le porche. La libellule devait être en lecture. C'était l'occasion de vérifier qu'elle n'était pas surveillée et de réfléchir à la manière dont il pourrait l'aborder. Neubourg repéra un café. Parfait site d'observation. Il entra et s'installa le long de la vitrine.

— Qu'est-ce que je vous sers, monsieur ?

Il leva doucement les yeux vers le serveur.

— Un verre de vin.

— Côtes-du-rhône, brouilly, médoc, Saint-Nicolas-de-Bourgueil, muscadet, sancerre, côte-de-provence ?…

— Saint-Nicolas.

Neubourg détailla rapidement les autres consommateurs. Aucun tueur ne semblait caché parmi les pochetrons qui s'arsouillaient méthodiquement sur le zinc, demi-soldes du plein-emploi qui profitaient de ce que l'Etat leur avait laissé de douceur de vivre. Autour d'un flipper, trois lycéens boutonneux s'agitaient. Ils n'avaient pas l'air très dangereux.

Il était plus difficile de contrôler ce qui se passait dans la rue. Il y avait beaucoup de passage, mais il était impossible de tout surveiller. Si la Marquise réapparaissait, il faudrait y aller au culot et souhaiter que les ennemis de Maranges n'aient pas à leur disposition un régiment d'hommes de main.

La Marquise avait repris place sous son porche. Elle était seule. Neubourg ne l'avait pas vue sortir de l'immeuble. La crevette était vêtue d'un tailleur rose. Ses jambes longues et fragiles s'achevaient sur une paire de talons aiguilles. A son épaule pendait un petit sac à main en cuir blanc. Elle faisait tourner un énorme trousseau de clefs autour de son index. Aucun accessoire ne manquait à sa dérisoire panoplie de dominatrice.

"Gironde", concéda intérieurement Neubourg.

Il lui donnait une petite trentaine. Ses cheveux bruns étaient arrangés en queue de cheval et les traits de son visage étaient doux. Elle affectait une moue boudeuse peu convaincante.

"Une jolie fille, mais une putain."

Neubourg dialoguait avec lui-même, embarrassé. Il avait du mal à apaiser son trouble. La conversation en pleine rue n'était pas possible. Il fallait monter et causer au lieu de la calecer, ce qui aurait pu être agréable, mais qui était ici hors de propos.

Pauvre Neubourg !... Un dindon chez les cocottes !... Un niais, un nigaud, un dadais tétanisé par une Armide de bastringue !... Un premier communiant eût plus vite emballé l'affaire !... Le tapin n'était pas son univers. Laitues, morues, godinettes, peaux d'hareng, tireuses de vinaigre, lévriers d'amour, ses connaissances en la matière lui venaient surtout de vieux films des années cinquante. Des clichés empruntés à Audiard et consorts !... Il s'imaginait qu'il allait falloir demander à la Marquise un truc genre pousse-pousse de Chandernagor, trapèze mexicain ou plongeoir de Miami... Il en était resté à l'époque où pour un petit billet de plus, on avait droit au baiser de Jeanne d'Arc, à la brouette tonkinoise ou au feu d'artifice bruxellois... C'est dire !...

Il n'avait jamais cru Maranges lorsque ce dernier lui expliquait que la prostitution, elle aussi, avait fait son *aggiornamento* et que les traditionalistes avaient été relégués aux poubelles de l'Histoire.

— Le dernier proxénète, s'évertuait à lui expliquer le pronostiqueur, c'est l'Etat. La plupart des filles sont à leur compte. Elles payent des impôts comme tout le monde, sont inscrites à la Sécu et cotisent comme d'honnêtes citoyennes... CSG, RDS et tout le tintouin !... Leur caisse est relevée aussi souvent que celle d'un péage d'autoroute. Un coursier passe toutes les demi-journées, pour ramasser le liquide qu'il va porter à la banque. Pour une fille comme la Marquise, tu peux évaluer ça à cinquante sacs par tournée. A la fin du mois, ça lui fait plus de vingt bâtons. Comment veux-tu qu'une telle somme passe à l'as ?

Neubourg n'avait jamais pris ces explications au sérieux.

— Et le commerce marche sans personne pour le faire tourner ? Qui s'occupe de la sécurité des filles, des négociations avec les autorités, des pots-de-vin aux flics et de la répartition des lieux de travail ? Tu vas pas me faire le coup de la génération spontanée ! Une p'tite pipe à M. le député et on n'en parle plus !...

— Et si ! assurait Maranges. Ces filles sont riches, elles sont puissantes. J'en connais une qui en quinze ans de travail a mis dix millions de francs de côté. Tu comprends ça ? Un milliard !!! Elle a besoin de personne pour gérer ses affaires ! Elle tient assez de mecs de la politique et du chaud-bise pour être tranquille.

— C'est peut-être vrai pour le gratin, les putains du beau monde, convenait Neubourg. Mais ne me dis pas que les Ghanéennes de la rue Saint-Denis sont arrivées là toutes seules. Tu vas pas me faire croire que le cadastre du coin n'appartient pas centimètre carré par centimètre carré à des petits barbiquets de ton espèce. Je leur fais confiance pour le rentabiliser…

A ces mots, Maranges s'étranglait, offusqué. Neubourg n'était jamais parvenu à aller plus loin. Maquereau, julot casse-croûte ? Il était partagé.

“La Marquise pourra peut-être me répondre”, rêva-t-il.

Il but son verre d'un trait et se souvint de l'argent qu'il avait sur lui. Les courtines lui avaient rapporté gros.

“Les notes de frais seront pour Maranges”, se dit-il.

Il laissa vingt francs sur la table et se leva.

“Eviter de réfléchir, résuma-t-il. Et tracer à l'azimut jusqu'à l'objectif.”

*

Dans l'escalier, Neubourg se sentit un peu micheton. Une vilaine boule de pétanque lui obstruait l'œsophage.

— Tu entres, mon poussin ?

La Marquise avait ouvert la porte de son studio. Le jeune homme se glissa à l'intérieur. La pièce était claire. Un lit recouvert d'un drap blanc, une chaise, une table. Des miroirs un peu partout. Aux murs, des gravures libertines. Au pied du lit, quelques livres. Neubourg se pencha : l'Arétin, Casanova, Sade. Certains clients avaient des fantasmes très cérébraux.

Le jeune homme sentit deux yeux dans son dos. Un pied posé sur la chaise, la Marquise avait remonté sa jupe et découvert un porte-jarretelles blanc. Il lui avait suffi d'observer la nervosité de son client pour comprendre qu'il ne la fatiguerait pas. Elle avait l'habitude des mabouls qui montaient en pensant à tout sauf à la bricole… Des messieurs tristes qui s'asseyaient sur un coin de lit et se mettaient à parler de leur femme, de leurs enfants, de leur travail… En bonne professionnelle, elle jouait les Ménie Grégoire… Ou les Mireille Dumas… Ça dépendait des modes !…

Etonnant ce besoin d'aller chercher une pute pour épancher son âme… Comme si elles seules pouvaient comprendre… Comme si le fait d'éponger des mâles toute la sainte journée leur faisait mesurer le besoin d'infini qui travaille les individus… L'éternité entrevue par l'entrecuisse !… Il y a toujours eu quelque chose de religieux à vendre son corps. Au Moyen Age, les bobinards fleurissaient à l'ombre des cathédrales. Au XIIe siècle, la corporation des prostituées parisiennes se cotisa même pour offrir au chapitre de Notre-Dame de Paris un vitrail en l'honneur de la Vierge... Depuis ce temps-là, dans les quartiers à putes, on trouve souvent une chapelle où brillent mille cierges, douloureuses et muettes prières de celles qui voient l'ange faire la bête...

Fascinante, cette proximité de la débauche et de la grâce !... Déjà, à l'époque de la sainte putain Madeleine... Une morue au pied de la Croix !... Une catin témoin de la mort de Dieu !... Pendant ce temps-là, les apôtres s'étaient fait la malle. Qui restait-il au Golgotha ? Jean, Marie, mère du Christ, et Madeleine. L'ange, la vierge et la putain. On peut toujours raconter que c'est des histoires de curés... Les petites collègues de la Marquise ne sont pas prêtes de voir cesser le défilé des michés qui les prennent pour la Madone. Des maris trompés, des papas cocus, des amants floués, des éjaculateurs précoces... Tous pareils !... Dès que ça leur travaille l'entrejambe, y se mettent à causer du bon Dieu !...

La Marquise en avait vu passer des mâles qui se seraient scandalisés si elle leur avait proposé de leur téter le gland. Ils se croient tous au confessionnal... Normal... Les curés veulent plus travailler... Et le psy n'est pas accessible à toutes les bourses... Reste que les putes pour comprendre un homme qui a besoin de parler, de pleurer ou de prier. A force de voir des fifrelins de toutes les couleurs, des goupillons de toutes les religions, des chibres de tous les calibres, elles s'y connaissent dans les choses de l'âme !

— Quoi qu'on en dise, avait un jour confié son vieux copain Victor Saint-Victor à la Marquise, vous demeurez la conscience de ce siècle, sa conscience et sa seule poésie…

La pute s'amusait de l'embarras de Neubourg. Comme s'il avait deviné ses pensées, le jeune homme se retourna.

Il lui sourit bêtement.

— Je te plais plus, bébé ? lança-t-elle.

— Si, murmura Neubourg. Mais je ne suis pas là pour… Je sais que vous devez gagner de l'argent… Je ne veux pas vous casser le commerce.

Il jeta une poignée de billets sur le lit.

— On avait parlé de ça…

De la poche de son pantalon, il ressortit d'autres coupures chiffonnées.

— Je vous laisse le double.

Il se posa sur le bord du lit et cacha son visage dans ses mains. La Marquise était assise sur la chaise, les cuisses légèrement écartées.

— Voilà… commença Neubourg. Je suis un ami de Maranges. Vous savez… Le journaliste qui travaille avec lui à *Paris-Matin*… Nous nous sommes déjà parlé au téléphone…

La pute ne broncha pas.

— Des gens en veulent à Maranges… J'y entrave pas grand-chose… Mais j'ai décidé de l'aider. Le problème est que je ne sais pas par où commencer. Je viens vous demander de m'aider…

Du bout du pied, la Marquise tapait contre la table. Neubourg continua.

— J'ai pas plus la gueule d'un flic que celle d'un porte-flingue ! Moi aussi, je prends un risque en venant ici. Lorsque je vous aurai quittée, vous n'aurez qu'un coup de fil à passer pour qu'on s'occupe de moi… Je vous demande rien de plus qu'un nom. Qui peut en vouloir à Maranges ? Qu'est-ce qu'il a trafiqué ?

La Marquise secoua doucement la tête. Elle fit une vilaine grimace.

— Ce n'est pas dans mes habitudes de mettre mon nez dans le cul du voisin…

— Je ne vous demande pas ça ! s'exclama Neubourg. Je veux simplement un nom… Une adresse… Par où commencer…

— Peut-être…

— Alors ? Un nom et je disparais. Vous n'entendrez plus jamais parler de moi…

— Non.

Le désespoir emplit Neubourg. Il était sûr de récolter un premier indice avec lequel il en aurait trouvé un deuxième, et ainsi de suite jusqu'à Maranges. Il était venu là comme le dernier des puceaux, sans rien connaître de cette fille, sans savoir qui l'avait mise là, qui la protégeait, qui elle avoinait… Sa naïveté lui avait laissé penser qu'elle aurait peur pour Maranges. Quelle candeur ! Il se regarda dans le miroir fixé au plafond. Tout lâcher. Etre débarrassé de cette affaire. Qu'était-il, sinon un nain ? Un nabot, un avorton, un microbe. Un bacille de Koch persuadé de pouvoir coller la tuberculose à la terre entière.

La pute s'était levée. Elle ramassa les billets sur le lit et les rangea dans son sac. Pendant qu'elle effaçait les traces de rimmel sous ses yeux, Neubourg contempla ses jambes.

— Vous laissez tomber Maranges ?

Sa voix était à peine audible. La Marquise, qui se remaquillait, n'y prêta pas attention. Il essaya encore.

— Vous attendez qu'on livre la viande froide ?

Elle se tourna et regarda Neubourg d'un air méchant.

— J'ai pas de temps à perdre.

Des entrailles fiévreuses de Neubourg, aucune force ne vint en renfort. Il se leva et traîna les pieds vers la porte.

— Si vous envisagez de me donner, appelez vos amis tout de suite. J'ai rien à leur dire. Je leur parlerai juste d'un garçon nommé Maranges. Un jojo la bricole un peu merlan. Comme je suis un peu boy-scout, je me suis mis en tête de le retrouver un jour qu'il avait disparu. Vous entravez rien à ce que je vous raconte ? Prévenez vos amis, qu'on en finisse. Je suis fatigué…

La fille avait poussé Neubourg dehors. Elle ferma sa porte à clef.

— Je veux plus te revoir ici. Plus entendre tes salades…

— Je vais vous laisser mon téléphone, murmura Neubourg.

Il lui glissa une carte sur laquelle il avait griffonné une série de chiffres.

— Le remords, ça existe. D'après saint Thomas d'Aquin, c'est moins beau que la contrition et moins intelligent que le regret… C'est bien utile quand même…

*

Sa télécarte en main, Neubourg essayait de comprendre le tableau choisi par les créatifs dérangés de France Telecom. Las, il introduisit la carte dans l'appareil. A l'extérieur de la cabine, le flot de voitures s'était subitement épaissi. Le ciel était devenu très clair et les derniers nuages étaient partis en lambeaux.

Neubourg composa le numéro de Marin. Il laissa le téléphone sonner une dizaine de fois. Personne ne décrocha. Il fallait trouver autre chose puisque la Marquise n'avait rien lâché.

Le jeune homme s'impatienta. Sa montre indiquait six heures. Avant de retrouver Mao, il avait le temps de faire un tour à l'appartement de Maranges, rue du Bac. Il y aurait peut-être moyen de récolter quelques renseignements.

Il tenta une seconde fois de joindre Marin. Son ami décrocha.

— C'est Neubourg… Je sors de chez la Marquise. Impossible de lui faire cracher quoi que ce soit…

— Avec les putes, c'est le client qui crache, ironisa Marin à l'autre bout du fil. Il est temps que tu renonces à ta morale de louveteau et que tu cesses de confondre les morues et les petites sœurs des pauvres…

— J'avais le droit de penser qu'elle était proche de Maranges !

— Une pute n'est jamais proche que de son cul. Sors un peu des albums de Sylvain et Sylvette. A l'heure qu'il est, y a probablement trois indiens à tes trousses qui sont bien décidés à te faire griller les roustons. T'auras plus de mal à t'en débarrasser que si t'avais attrapé des morbacs.

— Et toi ? Tu as trouvé quelque chose ?

— Nada.

— Les flics ?

— Nada.

— La voiture ?

— Nada.

— Je sens qu'on tient le bon bout. Aucune nouvelle de l'autre zèbre ?

Il était peu probable qu'il débarque au journal sur le coup de cinq heures. A moins qu'il ait vraiment envie de coller un infarctus à Louis Louis.

Marin marqua une pause.

— Mais quelque chose ne va pas dans cette histoire. Les flics que j'ai rencontrés ont l'air d'en savoir plus long qu'ils ne le laissent voir. Leur silence est maladroit. Trop nerveux. Ils doivent aussi être sur le coup. Mais ils veulent arriver les premiers.

— Enfin quelque chose d'intéressant…

— Oui et non. Si tout le monde verrouille, on va pas aller bien loin.

— Je vais passer chez Maranges. On ne sait jamais.

— Tu as les clefs ?

— Je m'arrangerai.

— Tiens-moi au courant. Je dîne ce soir avec un flic. Peut-être que j'arriverai à en savoir plus. Rappelle-moi aux alentours de minuit.

— Si j'ai le temps. Je serai avec Mao.

— A minuit, elle sera déjà rentrée se coucher.

— C'est ce qu'on verra.

Six heures dix. Neubourg se dit que Paris était de plus en plus sale. La chaleur n'arrangeait rien. Une mer épaisse de monoxyde de carbone flottait au-dessus de la place de l'Opéra. La mort s'introduisait par vagues dans les poumons de la capitale.

Le jeune homme se prit à rêver au Paris d'autrefois. Il vit les terrasses colorées des cafés et le boulevard baigné par un vent doux. Il imagina des salles de restaurant où s'agitaient des garçons élégants comme Brummel. Partout, des reflets dorés s'entrelaçaient en motifs compliqués. Dehors, l'odeur forte des chevaux se répandait sous les arbres. A l'Opéra-Comique, on donnait une opérette d'Offenbach pour célébrer le printemps neuf. Le claquement vif des sabots sur les pavés offrait un étonnant concert au boulevard des Italiens encombré de tilburys.

Une tenace nostalgie de cette époque qu'il n'avait pas vécue tourmentait Neubourg. A vingt ans, il regrettait déjà le bon vieux temps. Pas celui de ses parents ou de ses grands-parents : celui dont parlaient quelques photographies jaunies. Il conservait précieusement le cliché d'un lointain arrière-grand-oncle. Un aïeul nommé Aimé Couret. Son patronyme figurait en belles lettres tracées à la plume d'oie au dos de son portrait.

Neubourg adorait la tranquillité qu'il affectait sur cette photographie prise sur le Pont-Neuf, au pied de la statue d'Henri IV. Oncle Aimé ne devait pas apprécier le suffrage universel, cette pierre d'achoppement de la liberté fustigée par Proudhon. Neubourg se plaisait du moins à le croire. Cette idée le séduisait autant que le trois-pièces de l'ancêtre, son gibus, sa lavallière à carreaux, la montre à gousset qui sortait de son gilet. Elle l'enchantait autant que le mouvement insolent qu'il avait décelé sur le visage de son aïeul, la légère inflexion de son sourcil, l'imperceptible mouvement de sa barbichette Napoléon III. Les mains dans les poches, oncle Aimé écartait négligemment les pans de son habit face au photographe, comme pour se moquer.

Neubourg avait décrété que le cliché datait de 1865. L'époque où l'Empereur s'était rendu en Algérie et avait exalté la race arabe. A Paris, l'opinion n'avait pas aimé qu'il proclamât que l'Algérie était un royaume souverain. A Berlin, Bismarck s'en moquait. Il préparait une mauvaise surprise aux Autrichiens, avant de trouver le temps de s'occuper des Français.

A Rome, les zouaves pontificaux gardaient encore le pape. A Appomatox, le général Lee avait été contraint à la reddition. Au Mexique, il restait quelques mois avant que le rêve d'un empire catholique prît fin.

Sur le Pont-Neuf, Aimé Couret ne semblait pas se soucier de cette agitation. Son siècle l'ennuyait. On racontait dans la famille qu'il avait été fusillé lors de la répression de la Commune. Neubourg pensait qu'il ne s'était jamais consolé de la destruction des vieux quartiers de Paris par le baron Haussmann.

Cent trente ans avaient passé. Les successeurs du préfet mégalomane étaient encore à l'œuvre. L'ennemi, c'était toujours le Parisien. Dans des quartiers entiers de la capitale, des bureaux avaient remplacé les logements. Ces bâtiments anonymes étaient à moitié vides. Les entreprises étaient elles aussi chassées aux portes de Paris par des conditions de vie devenues impossibles.

Neubourg ne supportait plus que le 14e arrondissement et certaines oasis éloignées du centre. Des places du 20e, les alentours du canal Saint-Martin, les rues secrètes autour de la Butte-aux-Cailles, les coins oubliés par les promoteurs dans le 15e. Mais là aussi, ça chanstiquait, ça détruisait, ça bétonnait avec fureur.

Il manquait à ce siècle le talent d'un Froissart pour rédiger les douloureuses chroniques du règne du roi Buldozaire.

Sur le Pont-Royal, Neubourg se dit que ces barbares n'en avaient pas fini avec toute beauté. Les voies rapides qui longeaient la Seine n'avaient pas effacé complètement l'harmonie qui régnait du côté de l'île de la Cité. Le square du Vert-Galant, la flèche de la Sainte-Chapelle, le dôme de l'Institut défiaient la laideur environnante. Il restait à la capitale quelque parure.

Tout de suite après, il fallut s'engager entre deux murs sales, naviguer sur le trottoir gris, éviter les poubelles puantes, supporter un vacarme accablant et le bruit sourd des moteurs.

L'étroite bande bleue, tout en haut, devint presque invisible.

V

Le lavomatic était situé juste en face de l'immeuble de Maranges. Il était tenu par un couple d'Asiatiques dont le pronostiqueur avait su se garantir la fidélité avec quelques bons tubards.

Des clochettes accrochées au-dessus de la porte annoncèrent l'arrivée de Neubourg. Le jeune homme jeta un coup d'œil au bouddha posé sur un petit autel entre deux machines à laver.

— Bonjour ! lança-t-il. Je viens de la part de Maranges. Il sera absent quelques jours et m'a chargé de m'occuper de son linge.

La femme qui avait vu Neubourg avec son ami lui sourit.

— Je n'ai rien pour monsieur Maranges. Ça fait bien une semaine qu'il n'a rien descendu.

— Je vais aller faire un tour chez lui et ramasser les affaires qui traînent. Vous avez toujours la clef ?

Elle sortit un trousseau de son tiroir.

— Nous fermons dans un quart d'heure. Dépêchez-vous.

Après la Berezina de tout à l'heure, Neubourg n'était pas mécontent de ce succès. Il ouvrit la porte de l'appartement. Une odeur de renfermé lui taquina les narines. Rien n'avait changé depuis sa dernière visite. Peu de meubles, de rares signes de vie. Sur la table basse, un hortensia n'en finissait pas de crever.

Neubourg examina rapidement la télévision et le magnétoscope. Il appuya sur la télécommande posée sur le récepteur. Le visage d'un agitateur passé des barricades à l'*access prime time* apparut à l'écran. Le jeune homme éteignit immédiatement. Avant de poursuivre ses recherches, il regarda rapidement s'il y avait une cassette dans le magnétoscope. L'appareil était vide.

Il traversa la pièce et inspecta le couloir qui menait à la chambre. Une porte blanche située sur le côté s'ouvrait sur les toilettes. A l'intérieur, une affiche du prix de Diane tenait au mur par quatre punaises. Un numéro de *Newlook* avec une jouvencelle gonflée aux silicones en couverture trônait sur un tabouret.

Neubourg imagina Maranges en train de s'astiquer sur les photos de cette fille en plastique. Désespérant.

Un début de désordre avait pris possession de la chambre. La fenêtre qui donnait sur une cour intérieure était entrouverte. Le jeune homme s'approcha et prêta quelques instants attention au gazouillement des enfants qui jouaient plus bas. Il entendit un morceau de clavecin qui venait d'un appartement voisin.

Neubourg reconnut *Les Barricades mystérieuses*. Il aimait cette pièce de François Couperin. Sa beauté Grand Siècle cachait une tristesse grave. Son écriture lumineuse semblait annoncer le retour éternel du même. Le jeune homme avait toujours associé ce rondeau à la mélancolie des derniers jours de la Fronde. Retz, conduit à Vincennes entre cinquante mousquetaires, après de longs mois de conjurations et de jubilation guerrière…

Le jeune homme ferma les yeux et imagina une jeune femme que la musique de Couperin consolait.

Puis il poussa doucement la fenêtre et jeta un coup d'œil dans la pièce. Un téléphone était posé sur la table de nuit. Neubourg se saisit du combiné et appuya sur la touche bis. Une voix rugueuse se fit entendre après la première sonnerie.

Neubourg essaya de se faire le plus lointain possible et dit :

— C'est Maranges. J'ai oublié quelque chose lors de ma dernière visite.

L'autre marqua un temps d'arrêt.

— Alix est en conférence. Il faudrait rappeler plus tard.

Il ne s'était rendu compte de rien. Son accent persuada Neubourg qu'il n'était pas au service commercial d'une multinationale.

— Je n'aurai pas le temps. Je peux voir Alix ce soir ?

— Elle sera au Rembrandt vers dix heures.

Le Rembrandt. Un restaurant de la rue Saint-Honoré. Juste en bas de la rue Saint-Denis. L'objectif se rapprochait.

— J'essaierai de passer. Sinon, j'aurai deux tuyaux pour dimanche, poursuivit Neubourg.

— Ça m'intéresse, fit l'autre.

— Je passe demain dans le quartier. On voit ça en fin de matinée ?

— Aucun problème, je serai chez Alix toute la journée.

Neubourg raccrocha. Il composa une série de chiffres au hasard pour empêcher d'éventuels concurrents de renouveler l'opération. Le métier était en train de rentrer.

Avant de quitter l'appartement, il poursuivit son inspection. Il ramassa le linge abandonné sur un fauteuil Louis XVI et se glissa dans la salle de bains. A part quelques tubes, une brosse à dents et un rasoir posés sur une tablette au-dessus du lavabo, elle était vide. Il fit glisser la porte de la douche. Elle ne contenait rien d'autre qu'une serviette jetée en boule.

Lorsque Neubourg regagna la chambre, il entendit un bruit.

Une porte avait claqué. Quelqu'un était entré dans l'appartement.

Neubourg n'eut pas le temps de faire un pas de plus. Une brute surgit dans la pièce. Avant que le jeune homme ait esquissé le moindre geste, le colosse le projeta sur le lit et lui passa des menottes. La tête écrasée par le genou de son agresseur, il réussit cependant à regarder à qui il avait affaire.

Ils étaient trois, habillés de façon identique : cuir, jeans, tennis, sans oublier les élégants brassards orange griffés "Police".

— Qu'est-ce qui se passe ? souffla Neubourg
— On te laisse deviner, lança le plus grand.
— Et si je donne ma langue au chat ?
— Tu t'arrangeras avec le patron.

Les policiers firent monter Neubourg à l'arrière du break 305 garé en bas. Le jeune homme n'osa pas tourner les yeux vers le lavomatic. Plus tard, il apprendrait que les condés avaient été prévenus par les commerçants et aurait tout le loisir de savourer les délicieuses ambiguïtés de l'aménité asiatique.

Cette promenade en carrosse aux frais de la préfecture de Police n'enchantait pas Neubourg. Il avait renoncé à ses activités subversives lorsqu'il en avait eu assez de passer la nuit dans les commissariats de quartier. Ce n'était pas pour se faire agrafer lorsqu'il se comportait en honnête citoyen.

Il était entré chez Maranges par la porte d'entrée et avec la clef. On ne pouvait pas lui coller un délit d'effraction. Il observa le flic qui s'était installé à côté de lui. C'était le gros, celui qui lui avait passé les cadènes. Devant, le grand sortit le gyrophare de la boîte à gants.

A ce moment-là, la voiture démarra.

A côté de l'allume-cigares, une horloge digitale indiquait 19 : 03. Pour le rendez-vous avec Mao, c'était fini. Neubourg se demanda où on allait l'emmener. Dehors, la lumière devint très blanche. Il eut envie de pleurer.

*

Le commissariat ressemblait à tous les autres commissariats : un mélange d'austérité républicaine et de saleté administrative. Les murs étaient pouilleux et les armoires métalliques cabossées. Indifférent à cette crasse, le panneau syndical affichait tranquillement ses revendications humanistes.

Les trois condés avaient disparu. Neubourg était resté sur un banc, les bras toujours attachés. Derrière un guichet, deux agents relevaient son identité.

— Profession ?

— Ça dépend.

— Et cette carte de presse ?

— Allons-y pour journaliste.

La femme qui avait posé les questions jeta à Neubourg un regard réprobateur. Outragés, ses petits seins remuaient sous son uniforme. Depuis toujours, Neubourg avait l'habitude de regarder la poitrine des institutrices, des dames catéchistes et des examinatrices acharnées à sa perte. Ça le consolait.

L'autre argousin, un gentil moustachu au teint mat, calligraphiait soigneusement son état civil. Il fit l'inventaire des objet confisqués au jeune homme : une montre, un portefeuille, quinze mille sept cent trente-quatre francs en liquide, un crayon, une feuille de papier pliée en quatre, un trousseau de clefs. Neubourg remarqua qu'ils lui avaient laissé ses lacets et n'avaient pas fouillé le fond de ses poches. Il s'en étonna. Il avait connu des séances d'intimidation plus audacieuses que celle-là.

La garde à vue, il connaissait. Il savait que lorsqu'il aurait passé une journée au frais, il serait en piteux état, prêt à donner père, mère et enfants. Qu'est-ce que voulaient les flics ? Neubourg était impatient de rencontrer le patron et de découvrir ce qu'il allait bien pouvoir lui mettre sur le dos.

L'impétuosité, hélas, n'est pas un vice à cultiver dans les commissariats. Le jeune homme avait eu l'occasion de se familiariser avec les règles du jeu : après lui avoir enlevé sa montre, on allait lui casser son horloge. Rien n'est plus usant que de ne plus savoir ni l'heure ni ce qu'on attend. Affaibli, épuisé, déprimé, le pantin que l'on sort de cellule après une telle épreuve est docile à souhait. Le grand art est d'évaluer le temps d'incubation propre à chaque individu. Lorsqu'on brise trop vite la coquille, ça fait une omelette. Lorsqu'on attend trop longtemps, ça fait un œuf dur.

"Celui-là, songeait le commissaire Kœnig en étudiant attentivement le dossier de Neubourg, c'est un intellectuel. Il ne faudra pas être trop pressé."

Les cheveux minutieusement peignés et la barbe taillée avec soin, le commissaire était vêtu d'un costume gris et d'un polo noir. Ses pieds étaient confortablement chaussés dans une paire de mocassins Weston. La régularité de ses traits, la lenteur de ses gestes et la tranquillité qui émanait de sa personne lui donnaient une allure sympathique, parfois chaleureuse.

Il était entré dans la police vingt-cinq ans auparavant, par idéal autant que par hasard. On retrouvait chez lui quelque chose de ces flics issus de la Résistance qui croyaient à l'absolue légitimité de leur fonction et ne supportaient pas de se faire traiter de gestapistes par des petits voyous. Kœnig était un flic fanatique, au sens le plus noble de ce mot réprouvé. Le service de la loi l'inspirait. C'était un gardien du Temple qui regardait le manquement au devoir comme une profanation.

Le monde autour de lui avait changé depuis qu'il était entré dans la police. Un certain sens du devoir, une haute conception de l'honneur auxquels il demeurait attaché étaient désormais regardés comme des bibelots vains. Le service de l'Etat, un office qu'aucun Français n'avait évoqué à la légère pendant quatre siècles, était désormais une grande chose belle et vide. Kœnig appartenait à la poignée d'enragés qui maintenaient.

— Nous sommes des nostalgiques ! lançait-il quelquefois à ses subordonnés, sans qu'on sût qui était concerné par ce "nous".

Probablement tous. Comme un patriarche de l'Ancien Testament, Kœnig défendait chacune des têtes de son troupeau contre l'Esprit du Mal. Certaines de ses illuminations ressemblaient aux consolations d'Ezéchiel à Babylone : "Je ramènerai maintenant les captifs de Jacob, j'aurai compassion de toute la maison d'Israël, et je deviendrai jaloux de l'honneur de mon saint nom."

De ses années d'études, Kœnig avait gardé une passion paradoxale pour Raymond Aron. Une photographie du maître découpée dans un magazine était collée sur le mur derrière lui.

Le commissaire partageait le mépris de la plupart de ses confrères pour les journalistes. Il les trouvait obséquieux avec les puissants et méprisants avec les petits. Leur tendance à se poser en justiciers le faisait sourire quand elle ne le mettait pas en colère.

— Le droit, c'est moi ! assenait-il aux plumitifs venus jaspiner dans son bureau la bouche pleine de mots.

La justice, pour Kœnig, avait une couverture rouge et reposait sur son bureau sous un seul nom : Code pénal. Il ne lui déplaisait pas de tenir un échotier verbeux à qui apprendre l'humilité, même si la présence de Neubourg dans le commissariat le dérangeait.

L'habileté avec laquelle il savait éviter les dossiers piégés faisait l'admiration de ses confrères. Kœnig jouait les incorruptibles et menait sa carrière en se tenant éloigné de ce qui risquait d'y mettre un terme soudain. Adresse admirable que lui enviaient ceux qui avaient eu un jour à payer le mécompte d'un autre.

Ce jour-là, pourtant, il semblait avoir été pris en défaut.

"Je vieillis, se dit-il en refermant la chemise dans laquelle la vie de Neubourg avait été mise en fiches par les services compétents. Jamais, auparavant, je ne me serais laisser engluer dans une aussi cafardeuse embrouille."

L'appartement de Maranges était certes sur son secteur, et puisqu'on lui avait demandé de le surveiller, il fallait le surveiller. Ça ne l'obligeait pas à se retrouver avec sur les bras un pékin entré le plus honnêtement du monde.

Un gratte-papier de surcroît !

Le commissaire Kœnig, qui savait que les victoires les plus voluptueuses sont celles qui se font attendre le plus longtemps, préférait prendre les journalistes dans des mailles plus subtiles que celles d'un grossier passage à tabac. Plutôt que de leur permettre de jouer les martyrs, mieux valait trouver l'occasion de leur rappeler la légèreté de leurs propos, la vanité de leurs campagnes et la servilité de leur caste.

Il eût été tellement facile de laisser filer Neubourg ! Pourquoi ces imbéciles de lieutenants Arzel, Moriot et Pupet, infatigables pourvoyeurs de bourdes qu'au commissariat on surnommait Pim, Pam, Poum, pourquoi ces imbéciles étaient-ils partis comme des fusées quand le chinetoque de la laverie avait appelé ? Il est si simple de prendre son temps.

La sonnerie du téléphone mit fin aux pensées du commissaire.

— Kœnig, j'écoute.

Son visage prit une allure moins naturelle. A l'embarras de tout à l'heure s'était jointe une franche inquiétude. La joviale assurance de Kœnig disparut.

— Très bien. Je vous rappelle dès que j'ai du nouveau.

Lorsqu'il raccrocha, le commissaire roula dans les profondeurs d'une angoisse inconnue jusque-là. On essayait de lui faire assumer beaucoup trop de choses.

Une mauvaise surprise à laquelle il fallait ajouter la mort subite de la soirée qu'il avait programmée.

Kœnig, qui s'était toujours donné corps et âme à la nation, entretenait depuis quelques semaines une liaison qui avait ranimé son éros. Il y a longtemps qu'il ne s'était pas fait débraguetter par une gamine, à l'étroit sur un siège de voiture, avant de laisser la jolie délurée disparaître dans la nuit. Longtemps qu'il ne s'était pas inquiété des reliefs flasques de son ventre, du caractère suranné de ses goûts musicaux et de la coupe démodée de ses costumes.

La petite Célia aux yeux brillants lui faisait du bien.

Il saisit le combiné du téléphone. Les mots qu'il souffla avec l'inspiration d'un adolescent maladroit n'eurent aucun effet. Il raccrocha. Très énervé, il reprit le téléphone et composa le numéro du standard.

— Faites monter Pim, Pam, Poum.

*

Les cellules des commissariats sont des endroits épatants. Des parois translucides ont remplacé les barreaux d'autrefois, mais ce sont toujours les derniers endroits qui paraissent à l'abri du temps. Assis sur un banc de pierre, prisonnier de quatre murs, voici l'homme tel qu'en lui-même enfin l'éternité le change.

Dans sa solitude, il lui faut trouver des images et des pensées auxquelles s'accrocher. L'odeur d'une femme ou le timbre de sa voix deviennent alors d'inestimables trésors. Celui qui ne sait pas rentrer en lui-même pour échapper à l'enfermement est perdu.

Les yeux fermés, Neubourg essayait de revoir la Loire. On l'avait amené en cellule depuis quatre heures, peut-être plus. Il est difficile d'obliger le temps à couler dans ses veines, difficile d'utiliser les battements de son cœur comme une horloge. Il se souvint d'un cour de Boutang sur saint Augustin à la Sorbonne.

“Qu'est-ce cela que je sais quand personne ne me le demande, mais si je veux l'expliquer à qui me le demande, je ne le sais pas ? – Le temps ! ”

Neubourg caressa ses poignets meurtris. Quand reviendraient les châteaux de la Loire ? Quand reviendraient Valençay, Saint-Aignan et Langeais, Chenonceaux et Chambord, Azay, Le Ludc, Amboise ? Il songea à cette heure du soir où le ciel s'emplit de sang au-dessus du fleuve tandis qu'une poussière dorée retombe sur la vallée. Il vit le voile éblouissant à l'horizon, les vignes à l'infini, les méandres compliqués des chemins de Chinon.

Intenable pensée dans cette cellule, coincé sous des tonnes de béton, prisonnier de sous-sols interminables, otage d'un bâtiment immense. Il pensa à la ville autour de lui, aux mille rumeurs sourdes derrière les murs, aux milliers de voitures, aux millions de bouches, aux millions de mains, de sexes qui s'activaient partout. Il vit les femmes qui s'abandonnaient, la mêlée des corps et le tourbillon des humeurs. Il ne pouvait plus supporter cette promiscuité, ces vies arrogantes, ces ravissements empruntés.

Tout abandonner, enfin, tout perdre ou tout brûler.

La porte s'ouvrit violemment.

La brute désormais familière avança droit sur Neubourg.

— Lève-toi !

Le jeune homme se redressa et lui fit face.

— Le patron est pressé. Il veut savoir ce que tu faisais rue du Bac.

— Je passais pour arroser les fleurs.

— Tu te fous de notre gueule !

La brute frappa Neubourg du plat de la main sous l'oreille droite.

Le jeune homme plongea dans une fournaise orangée.

— Relève-toi ! cria l'autre en le saisissant par l'épaule.

Ses deux collègues entrèrent dans la cellule.

Neubourg n'entendait que leurs voix, hachées par le bourdonnement de son tympan. Le gros s'énervait.

— Cet enculé fait le mariole !

— Le patron ne va pas être très content, répondit une voix aiguë.

— Sûrement pas ! fit une troisième voix, plus proche du baryton.

Un poing venu de nulle part s'enfonça dans le foie de Neubourg. Le gros saisit le jeune homme par les épaules, le souleva au-dessus du sol et le lança sur le banc. En cognant contre le mur de la cellule, la tête de Neubourg fit un bruit sourd.

VI

— Je vous répète que je ne faisais rien d'autre que ramasser le linge sale ! criait Neubourg au commissaire Kœnig.

Le policier ne l'écoutait plus. Les yeux fermés, il songeait aux crampes insupportables qui lui torturaient le bas du dos. A cette heure-là, il aurait dû être avec Célia, en train de se faire gentiment masser la carcasse.

Face à lui, Neubourg s'obstinait. Du rouge au violet, le côté droit de son visage portait la marque de coups distribués en toute libéralité. Son arcade bleu sombre virait au noir et sa paupière gonflée de sang ne se soulevait plus qu'avec peine.

Cette violence désordonnée déplaisait à Kœnig. Ou plutôt elle le fatiguait. Il leva les yeux vers le jeune homme.

— Qu'est-ce que vous faisiez chez Marie Toumieux, plus connue sous le nom de la Marquise, aujourd'hui aux alentours de seize heures ?

— Dix-sept heures.

Kœnig se redressa et lâcha le crayon avec lequel il jouait depuis le début de l'interrogatoire.

— Dix-sept heures, donc. Comment expliquez-vous votre présence auprès de cette fille qui travaille pour Maranges depuis des années ?

— Je me faisais brouter la tige.

— Vous n'avez pas trouvé plus près de chez vous ?

— Maranges me l'avait recommandée.

— Et alors ?

— Dix-sept sur vingt.

— Ça ne vous a jamais étonné que Maranges n'ait que des putes dans son carnet d'adresses ?

— Des putes et des dames du monde. Tout ça participe d'une mythologie dont il n'a jamais réussi à se départir.

— Et ses revenus extensibles à l'infini ? Vous ne vous êtes jamais posé de questions ?

— Il ne m'a jamais présenté sa feuille d'impôts.

Le commissaire sourit.

— Finissons-en, monsieur Neubourg. Vous n'avez rien à voir avec ces gens-là, ne les couvrez pas au-delà du raisonnable. Ou vous allez vous retrouver inculpé pour complicité de proxénétisme. Cette affaire est somme toute très ordinaire. Ça fait des mois qu'on essaye de coincer Maranges. Quand il a compris qu'on le tenait, il a disparu et vous a chargé de couvrir sa retraite. Vous n'allez quand même pas aller à la Santé à sa place ?…

Neubourg ne broncha pas.

— Cette nuit, poursuivit Kœnig, je devais procéder à l'interpellation de l'équipe qui braque les livreurs de pizza autour de la gare Montparnasse. Vos gamineries me font perdre un précieux temps.

— Qui sont les gamins ?

— Ça suffit ! rugit le commissaire en se dressant.

Il vint se placer derrière Neubourg et tira brusquement la chaise sur laquelle le jeune homme était assis. Celui-ci s'effondra sur le sol et sentit une décharge électrique dans son bras accroché au radiateur par les menottes.

— Relevez-vous, lui ordonna Kœnig en remettant la chaise en place. Vous me dites où est passé Maranges, quelles consignes il vous a laissées et ce que vous faisiez chez la Marquise. Ou bien vous vous retrouverez très vite devant le procureur avec une procédure de flagrant délit sur le dos.

— Flagrant délit de quoi ?

— De ce que je voudrai !

Quelle heure était-il pour concevoir de telles menaces ? Depuis qu'on l'avait sorti de sa cellule, Neubourg essayait d'entrevoir une montre. Celle du commissaire était cachée sous la manche de sa chemise.

Plein d'une perceptible tristesse, le jeune homme jeta un regard suppliant à Raymond Aron, impassible sur son petit carré de papier glacé. Les coups reçus tout à l'heure n'avaient pas fini de lui faire mal. Il sentait le sang brûler sous son visage.

Neubourg se souvint d'avoir lu autrefois *Les Désillusions du progrès*. Aron possédait une intelligence qui l'inquiétait. Pourquoi répétait-on qu'il avait toujours eu raison ?

— Moi, tranchait Marin, je préfère avoir eu tort avec Sartre que tort avec Aron.

— C'est vrai, lui répondit intérieurement Neubourg. Merde à Aron !

Les pinces lui faisaient toujours aussi mal.

Le commissaire revint s'asseoir en face de Neubourg, sans un mot. A travers les cloisons, le programme de nuit d'une radio périphérique déversait les aigus métalliques d'un groupe de hard-rock américain. *We all came down to Montreux*... Neubourg reconnut un standard qui avait amusé ses seize ans.

Le commissaire s'était mis à battre la mesure sur son bureau. Il fut contrarié de voir Neubourg sourire.

— Nous devrions tous être couchés, lança-t-il au jeune homme.

— S'il y avait une justice...

— Arrêtez votre cinéma. Quand vous serez inculpé, vous verrez ce que c'est que la justice. Elle est moins patiente que moi.

Neubourg souffla.

— Vous pouvez soupirer. Je vais encore vous garder trente-six heures au frais, le temps de faire délivrer quelques commissions rogatoires. Ensuite, on procédera aux investigations qui s'imposent. Vous pourrez toujours excuser votre absence auprès de votre employeur en expliquant que vous couvriez un petit maquereau. Vous travaillez à *Paris-Matin* ? Louis Louis sera ravi d'apprendre vos exploits.

Le commissaire installa en face de lui la machine à écrire posée sur son bureau. Il glissa à l'intérieur le formulaire en usage pour les cérémonies de ce genre.

— Nom, prénoms, date de naissance ?

Neubourg répondit avec application à chacune des questions. Son débit avait un rythme mécanique qui dissimulait mal son ironie. Le jeune homme ne cacha rien de son passé ni de son arbre généalogique. Le cliquetis du clavier de la machine couvrait presque sa voix, et Kœnig dut plusieurs fois lui faire répéter.

— Vous déclarez donc être venu chez Maranges pour ramasser son linge sale ?

— Cela même.

Le commissaire reprit sa frappe régulière. Son visage s'était apaisé, comme s'il avait la conviction d'avoir gagné. Face à lui, Neubourg accusait une lassitude qui ne semblait pas feinte.

— Ainsi, vous n'avez plus vu Maranges depuis votre départ de *Paris-Matin* jeudi après-midi et vous déclarez ne pas savoir où il se trouve ?

— Je le déclare.

— Il ne vous a fait aucune confidence sur les soucis qui ont pu l'amener à disparaître subitement ?

— Aucune.

Après avoir fini de taper la déposition de Neubourg, Kœnig sortit la feuille de la machine à écrire et la tendit au jeune homme.

— Vous signez en bas.

Neubourg saisit le formulaire avec ses mains toujours attachées et commença à le lire.

— Ce n'est pas la peine de perdre plus de temps, s'impatienta le policier. J'ai retranscrit ce que vous m'avez dit.

Le jeune homme ne leva pas les yeux et poursuivit lentement sa lecture. Kœnig quitta son fauteuil et traversa la pièce. Il ouvrit une porte qui permettait d'accéder au bureau voisin.

Neubourg vit qu'il s'entretenait à voix basse avec un collègue. Il essaya en vain de comprendre ce qu'ils disaient. La déposition correspondait à ce qu'il avait déclaré. Il renonça à la faire retaper à cause d'un mauvais emploi du subjonctif. On dit : "Je ne nie pas que Maranges est étonnamment fourni en tuyaux hippiques", et non pas : "Je ne nie pas que Maranges soit étonnamment fourni en tuyaux hippiques." La négation d'un verbe de sens négatif appelle l'indicatif dans la subordonnée. "Si je fais encore une remarque, songea Neubourg, je vais prendre un coup."

Le commissaire se retourna vers lui.

— Vous avez fini ?

Le jeune homme fit un signe de tête et parapha sa déposition.

— A voté ! marmonna Kœnig en rangeant les feuilles. On fera passer ça au procureur dans quelques heures. En attendant, essayez de dormir un peu.

*

"Dormir, dormir... Les flics se foutent vraiment du monde", songea Neubourg en se retournant sur le banc de sa cellule.

Cela faisait une demi-heure qu'il essayait de trouver le sommeil.

Dehors, les derniers bars de nuit fermaient leurs portes, les premiers métros quittaient leur dépôt.

Neubourg imagina le quai désert de quelques stations aux noms familiers. Il aimait terminer la nuit en regardant passer les premières rames, les traits creusés par l'alcool. Il avait quelquefois honte de son anéantissement. Il ne se pardonnait pas d'être du bon côté de la barrière, la bouche sèche et les yeux piquants, avec quelquefois une adolescente nerveuse à son bras.

Faire la révolution ? Il en rêvait toujours dans ces moments-là. Comme s'il pouvait soudain devenir facile d'emmener le peuple de l'aube sous le bleu métallique d'un jour neuf, facile de descendre le boulevard, de retourner des voitures et de dresser des barricades. Son romantisme matinal lui faisait désirer des émeutes simples et lumineuses comme l'enfance. Il aimait les vieux chants de révolte et les slogans martiaux. Il s'inventait des peuples en liesse et des ivresses insurrectionnelles.

— Tu ferais mieux d'aller te coucher, lui conseillait Marin au moment où il montait sur le banc et haranguait les fantômes avec les accents de Lénine.

— Donnez-nous une organisation révolutionnaire et nous retournerons la Russie ! tonnait Neubourg en réponse, plein de cette énergie noire qui sature ceux qui ont traversé la nuit.

Lorsque passait une fille, il se précipitait à ses pieds, lui parlait de son désespoir et de la grâce, de

Dieu et de Son ingratitude, de son enfance, de la recette authentique de la bouillabaisse.

Il y avait eu cette Irlandaise pour laquelle il était parti dans une démonstration interminable sur Joyce. Elle n'aimait pas *Ulysse* et accusait les Français de porter un culte au Dublinois sublime parce qu'il avait habité Paris.

— Oui oui oui, lui avait répondu Neubourg, oui j'ai mis la fleur des montagnes dans tes cheveux oui je t'ai embrassée oui je t'ai attirée chez moi oui j'ai senti tes seins oui oui oui…

Puis il avait sorti de sa poche une édition bilingue des poèmes de Blake. L'effet avait été immédiat. A peu près comme si une jeune Française de bonne famille avait rencontré sur Sunset Boulevard l'arrière d'une équipe de football américain la suppliant de lui réciter *Les Animaux malades de la peste*.

— *There is Smile of Love*, avait commencé la jolie Irlandaise avec sa voix cassée, *and there is a Smile of Deceit and there is a Smile of Smiles in which these two Smiles meet…*

Neubourg détestait les filles de l'aube. Mais il était parti avec celle-là, qui s'appelait Natalie, qui était de Derry, qui étudiait l'ancien français à la Sorbonne et qui fredonnait pendant l'amour. Sa bouche était douce comme du miel. Il n'avait jamais oublié ses seins lourds et l'odeur forte de sa peau, les taches brunes qui constellaient son dos et les palpitations de son ventre délicat. Il détestait les filles de l'aube, mais celle-là croyait à la Sainte Vierge et à la communion des saints. Elle n'était pas rousse, elle était blonde et avait les yeux bleus. Neubourg s'oublia, comme s'il avait le pressentiment que tout cela ne durerait pas éternellement, et même qu'il n'y en aurait plus pour très longtemps.

— Plus pour très longtemps, répétait-il avec angoisse, coincé en chien de fusil entre les murs de sa cellule.

La procédure de flagrant délit dont l'avait menacé Kœnig l'inquiétait. Les flics n'avaient rien à lui reprocher, mais il faisait confiance à leur imagination. Il y avait l'argent caché chez lui. Il n'envisageait même pas que ce fût une somme honnêtement gagnée. Complicité, recel, dissimulation de preuves, faux témoignage, les bourres n'auraient pas grand-chose à inventer.

Crier, hurler, pleurer, brailler, implorer, trépigner, éructer, tout casser, tout briser, tout flinguer ? Oublier. Et penser à Mao. Mais de ce côté-là non plus la journée n'avait pas été très brillante.

Neubourg regarda les murs en pensant à son amie. Des graffitis obscènes et puérils s'enchaînaient en colonnes inégales. Le prisonnier reconnut des phallus maladroitement dessinés, des injures en anglais et des dates de séjour. Il conçut le projet d'un poème, qu'il aurait gravé dans le plâtre pour Mao et qu'elle ne lirait jamais. Des alexandrins, parce qu'il aimait soumettre l'anarchie de sa vie à l'ordre des mots ; un quatrain, parce que le jour se levait et qu'il était épuisé.

Il fut incapable de trouver une rime. Assis sur le banc maintenant, il plongea sa main au fond de sa poche et en sortit une pièce de dix centimes. Il approcha son bras du mur. Sa main précise traduisit les mots appris autrefois.

Vous êtes belle, ô mon amie,
Et pleine de douceur ;
Vous êtes belle comme Jérusalem,
Et terrible comme une armée rangée en bataille.

*

— Eh ! monsieur, réveillez-vous !

Un auxiliaire de police au visage poupin secouait Neubourg par l'épaule.

— Monsieur !

Neubourg ouvrit les yeux. Il vit une ombre épaisse entourée d'une lumière aveuglante.

— Réveillez-vous !

L'ombre s'était mise à parler.

— Quelle heure est-il ?

— Six heures. Vous pouvez rentrer chez vous. Suivez-moi. Vous allez récupérer vos affaires.

Neubourg sortait d'un mauvais rêve. Il essaya rapidement de rassembler ses sensations dispersées. La porte de sa cellule était ouverte. Il suivit le flic dans le couloir et arriva avec lui dans la principale pièce du commissariat. Trois clochards dormaient dans une grande cage vitrée. Derrière un guichet, l'agent moustachu qui avait relevé son état civil ronflait au rythme de ses prisonniers. Son jeune collègue lui tapa délicatement sur l'épaule.

— Le monsieur de la cellule 17 est là…

L'autre se redressa.

— Faites-le entrer.

Neubourg lui faisait face, un mètre devant lui, dans un comique garde-à-vous. Le policier posa sur le guichet une boîte en bois dans laquelle le jeune homme retrouva sa montre, ses clefs, son portefeuille et les objets qu'on lui avait confisqués en arrivant. Son argent liquide avait été rangé dans une grande enveloppe. Il vérifia rapidement que le volume des billets n'avait pas changé et ramassa les pièces de monnaie qu'il mit dans sa poche.

— Je suis libre ?

— Vous êtes libre.

Toujours courtois avec le petit personnel, Neubourg salua les deux agents et se dirigea vers la sortie, accompagné du jeune flic. L'auxiliaire le laissa sur le pas de la porte.

L'aube était jaune et tiède. Neubourg, qui avait la peau brûlante, se sentit sale. Il laissa passer les rares taxis et décida de rentrer chez lui à pied. Il aimait les petits matins rafraîchis par un vent mou. Il aurait donné n'importe quoi pour que les rues restent désertes et que le ciel au-dessus de lui semble toujours éclairé au néon.

En avançant, il repensa à la comédie que lui avait jouée le commissaire. Cette histoire de procureur ne voulait rien dire. Les flics avaient cherché à l'intimider, peut-être pour le faire parler, plus sûrement pour le persuader de ne pas se mêler de cette affaire. Neubourg se souvint de ce que lui avait dit Kœnig. Maranges était connu de leurs services. Ils le soupçonnaient de proxénétisme et voulaient le faire tomber.

Maquereau, Maranges ? Neubourg le revoyait lui jurant le contraire. Cent fois, il lui avait parlé de services rendus et de services à rendre, d'amis obligeants, de filles obligées qui s'offraient contre un bon cheval dans une course du lendemain. A force d'être convaincus de sa culpabilité, les bourres avaient peut-être fini par s'intoxiquer. Et le fric ? Neubourg songea à l'enveloppe cachée dans sa bibliothèque, derrière ses Balzac, entre *L'Attaché d'ambassade* et *Une ténébreuse affaire*, ses deux préférés.

Arrivé en bas de chez lui, il se dit qu'il ne fallait surtout pas dormir. Il aurait été inconscient de s'attarder ici avec l'argent. Il monta au premier étage et resta un instant l'oreille collée contre la porte de son appartement. Il n'entendit pas de bruit. Il se demanda soudain s'il n'avait pas été suivi. Suivi par qui ? Les flics avaient son adresse, ils n'avaient pas besoin de le pister.

Il entra chez lui. Le parquet craqua sous ses pas. Rien n'avait bougé. La lumière rouge du cadran digital de son répondeur qui brillait dans le noir indiquait trois messages.

Il appuya sur la touche "Lecture".

"... Neubourg, c'est Mao. Il est sept heures et demie, ça fait une demi-heure que je t'attends. J'aimerais bien savoir où tu es... biiiiip !... Neubourg, c'est encore moi. T'es un salaud... biiiiip !... Monsieur Neubourg, c'est Marie... La Marquise... Il faut que je vous voie. Je serai demain matin à dix heures chez Angelina, rue de Rivoli. Je vous attends..."

Neubourg appuya sur la touche “Stop” de son répondeur avant que la machine ait eu le temps de couiner.

Il regarda son lit. Dormir eût été une folie. Il n’avait même pas le temps de se laver. Le jour s’était levé. Neubourg plongea le bras derrière ses Balzac et constata que l’enveloppe aux billets était toujours là. Il n’avait pas très envie de sortir avec, mais il était imprudent de la garder ici. Il essaya de regarder à travers les rideaux si personne ne l’attendait en bas.

“Précaution dérisoire… songea-t-il. Comme si mes ennemis supposés faisaient le pied de grue sur le trottoir d’en face.”

Cette précaution naïve allait bien avec sa détresse du moment. Il pensa à Marin et à Mao. Ils avaient dû passer une bonne nuit. Et la Marquise ? Dans quel camp jouait-elle celle-là ? Neubourg se demanda ce qu’elle lui voulait avec son rendez-vous.

Il voulut appeler Mao. Elle lui ferait une scène, c’est sûr, pour son attente d’hier soir. Il avait envie de lui parler, de la voir, de lui expliquer. Un coup de fil à Marin aurait été plus utile, mais c’est Mao qui l’attachait. Ses deux messages lui avaient fait plus de mal que le passage à tabac dans le commissariat.

Il était six heures quarante-huit. Au milieu de sa chambre, avec quatre cent mille francs en coupures de cinq cents sous le bras, un copain en cavale, une enquête ouverte sur ses activités, Neubourg pensait à la femme qu’il aimait.

Au bout de la rue, trois policiers l’attendaient dans une voiture banalisée.

Deuxième partie

MAO

Plus on connaît l'Amour, et plus on le déteste,
Détruisons son pouvoir funeste,
Rompons ses nœuds, déchirons son bandeau,
Brûlons ses traits, éteignons son flambeau.

PHILIPPE QUINAULT (1635-1688)

VII

Elle possédait l'indolence avantageuse des filles de la bourgeoisie. A la lenteur de ses gestes, on comprenait qu'elle avait toujours réservé la meilleure part d'elle-même. Le tour ferme de sa gorge, la manière dont elle haussait le menton pour parler et l'application qu'elle mettait à poser chacun de ses mots révélaient une femme certaine d'avoir indéfiniment le temps pour elle.

Neubourg avait cru posséder Mao. Ils n'avaient jamais fait l'amour, mais il s'était persuadé que c'était lui qui repoussait ce moment. Lorsqu'ils se voyaient, elle lui faisait tout oublier. Il l'emmenait au théâtre, lui expliquait les règles du rugby, lui apprenait à déguster de vieux portos, l'amusait des nuits entières.

Pendant ce temps-là, elle jouait avec son désir.

C'était, depuis son adolescence confuse, une très jolie femme. Elle n'avait pas encore trente ans et continuait à gagner en harmonie. L'indifférence patricienne qu'elle manifestait à l'égard des sentiments des autres ajoutait au mystère de sa beauté. Elle était brune, les cheveux courts depuis son mariage, ras sur la nuque et retombant en deux boucles le long de son visage. La perfection de son teint, l'assurance de ses traits, l'éclat fixe de ses yeux faisaient de la désinvolture de Neubourg une piètre forteresse.

Elle avait des amants. Neubourg, l'ami admiré, l'ami dont elle suçotait la force et la faiblesse comme un bonbon amusant, ne supportait pas cet abandon. Non qu'il tînt absolument au commerce charnel qui lui était refusé. Mao était liée, et il ne voulait pas heurter la grève d'un désespoir qui ferait de lui un captif. Comme tous les violents, il cultivait une imagerie de l'homme libre qui s'accordait mal aux rugueuses soumissions de la chair. Il s'était persuadé que seules comptaient la capture, la possession, la soumission, sans oser s'avouer un goût terrible et dangereux pour l'humiliation. Face à Mao, ces vertus guerrières avaient l'efficacité de lances de papier.

L'ami qui promettait de ne pas juger, l'ami qui répétait que la morale ne comptait pas, que seule importait la grâce, ne supportait pas la liberté de mœurs d'une femme sur laquelle il détestait n'avoir aucun pouvoir, une femme qui ne lui avait rien promis, une femme qui avait la cruauté d'être son amie.

Alors il s'emportait, méchant comme il savait l'être, hargneux, irritable, véhément, sourd aux pleurs de Mao, égoïste et idiot.

— Je sais que je vis dans le péché, lui lançait son amie, déroutée et légère, étrangère au sens de ses mots.

— Le péché, le péché, le péché ! hurlait Neubourg. Il y a des âmes incapables de pécher ! Elles ne sont rien ! Comment pourraient-elles offenser qui que ce soit ? Elles ne saliront jamais rien ni personne, elles ne se saliront pas elles-mêmes, elles n'existent pas ! Tu peux toujours aller te faire sauter par tes petits copains friqués, ça ne produira pas un murmure dans le cosmos.

Neubourg ne pardonnait pas à Mao de rechercher l'intimité avec lui, d'aimer frotter son âme contre la sienne et d'ignorer son désir. Il lui en voulait de parier sur sa force. Trop de flèches avaient traversé l'armure qu'il avait endossée à dix-huit ans avec la naïveté de cet âge, trop de flèches à travers cette carapace fabriquée avec des lectures décisives et des rencontres fondatrices, trop de flèches pour qu'il se crût invincible.

— Lorsque j'étais jeune… marmonnait ce vieux cadet de vingt-cinq ans, effrayé par cette fausse plaisanterie.

Il avait détesté son enfance, mais chéri ses vingt ans. Il avait eu le sentiment de déboucher dans une clairière immense après un interminable parcours dans un tunnel écrasant. Une clairière dont il avait fait un empire, brûlant toutes ses cartouches, traversant quelques vies, perdant quelques amis. Une clairière qu'il avait défendue sans compter les coups reçus. Les bleus se faisaient seulement sentir maintenant. Il n'arrivait pas à se débarrasser du sentiment d'être dilué intérieurement.

Affaibli, Neubourg l'était plus particulièrement ce jour, assis face à Mao qui sirotait du thé en longues gorgées indiscrètes. Il avait sonné chez elle, était entré, son cartable aux billets sous le bras, s'était laissé tomber sur le sol du salon, et n'avait pas dit un mot, le visage caché entre ses coudes repliés.

Il sentait fort mais son amie n'y prêta même pas attention, absorbée par sa colère. Neubourg savait décrypter la rhétorique tout animale de Mao, l'espèce de grammaire du corps avec laquelle elle exprimait ses passions essentielles. Le bruit qu'elle faisait en buvant trahissait quelque vilaine pensée. Il n'avait pas envie de s'expliquer. Le visage marqué, les traits défaits, c'était plutôt à lui de se plaindre.

— Je me suis fait tabasser…

La pupille dure de Mao se planta sur Neubourg. Elle hésita.

— Par qui ?

— Une affaire tordue… Les flics… Je crois que j'ai mis le nez là où il ne fallait pas…

— C'est-à-dire ?

— J'ai été interpellé hier soir dans des conditions farfelues, conduit au commissariat le plus proche, enfermé en cellule et interrogé à coups de poing. A l'ancienne.

Le visage de Neubourg parlait pour lui. Assise en tailleur sur son canapé, Mao était vêtue d'un pyjama chinois en soie bleu marine. Neubourg se dit qu'elle était belle. Il regarda ses doigts de pied qui remuaient doucement. Il pensa aux touches d'un piano. Il aimait l'appartement de son amie, sa décoration minimale, les objets inutiles qu'elle avait rassemblés.

Les yeux du jeune homme s'arrêtèrent sur le tableau accroché au-dessus de Mao. La fin du monde peinte en noir et rouge par un artiste contemporain. Il le trouva laid.

"La fin du monde ne ressemblera pas à une explosion, songea-t-il. Plutôt à une consomption. Il est inutile d'attendre une grande libération d'énergie d'un temps où il n'y aura plus ni héros, ni jeux, ni sentiments. Le monde va hésiter, s'absorber puis disparaître en tourbillon comme l'eau au fond de la baignoire. Ce jour ne sera ni noir ni rouge ; il n'y aura ni orage ni fracas. Ce sera un long après-midi aphone et blanc."

Il se leva.

— J'aimerais me laver et dormir une heure.

Mao, d'un signe de tête, lui désigna la salle de bains.

*

Marin ?

— C'est moi.

— Neubourg à l'appareil.

— T'as passé une bonne nuit ?

— Epouvantable…

— Je suis au courant.

— Comment ça ?

— Les perdreaux sont passés au journal tôt ce matin. Tu as de la chance que Louis Louis ne soit pas là. Ils cherchaient à se renseigner sur Maranges et sur toi. Ils n'ont pas l'air de savoir quel rôle exact tu joues dans l'affaire.

— J'aimerais bien le savoir moi-même…

— En tout cas, ils t'ont en ligne de mire.

— On est écoutés ?

— Le dispositif est un petit peu long à mettre en place. Mais ça ne va pas tarder…

— Je dois rester caché ?

— Tu es où ?

— Chez Mao. Mais je ne compte pas rester très longtemps.

— Si les flics t'ont relâché, ce n'est pas pour te recoffrer tout de suite. Fais quand même attention à toi.

— Je me suis assez fait marbrer comme ça.

— Tu t'es fait arrêter comment ?

— Hier soir chez Maranges. J'avais réussi à récupérer les clefs auprès des propriétaires de la blanchisserie qui s'occupe de son linge. J'étais en train d'inspecter l'appartement quand les bourres ont débarqué…

— Tu n'avais rien trouvé ?

— Une vague adresse rue Saint-Honoré. Sans intérêt.

— L'argent ?

— Je l'ai avec moi.

— J'ai l'impression que c'est ce que recherchent les flics. Leurs motifs ne sont pas forcément très purs, ça les rend d'autant plus hargneux. Qui est-ce qui t'a tabassé ?

— Trois lardus de service.

— Tu as signé une déposition ?
— Un peu plus tard dans la nuit.
— Qui t'a interrogé ?
— Un disciple de Raymond Aron. Le commissaire Kœnig.
— Commissaire divisionnaire. C'est un type bien. J'ai eu plusieurs fois l'occasion d'être en contact avec lui.
— Les circonstances de notre entrevue m'ont empêché de le vérifier. Il m'a monté un drôle de cinéma, m'expliquant qu'il essayait de faire tomber Maranges pour proxénétisme depuis des années, et que c'est moi qui allais payer pour lui. Puis il m'a fait relâcher. Je n'ai pas compris…
— C'est l'argent qui l'intéressait. Tu ne peux pas rester plus longtemps avec ce pactole en ta possession. C'est une bombe.
— Que veux-tu que j'en fasse ?
— L'abandonner quelque part.
— Ça fera plaisir à Maranges…
— Je ne sais pas s'il aura un jour le loisir de profiter de ce pognon.
— Je m'en fous.
— Kœnig a raison, c'est toi qui vas te retrouver au trou. Cet argent pue. Maranges n'a pas disparu par hasard. Mon contact aux RG m'a assuré hier soir qu'il était en cavale.
— Qu'est-ce qu'on lui reproche ?
— Il a essayé de doubler les flics. Je ne sais pas de quoi il s'agit, mais je fais confiance à son sens des affaires.

— C'est la version des cognes.

— Ils doivent pas être loin de la vérité.

— Je suis persuadé du contraire. Maranges a pas mal de soutiens dans la police. Il n'est pas assez stupide pour les affronter de front.

— Il aura dépassé certaines limites.

— Non ! Je connais mon Maranges.

— Moi, ce que je connais, c'est la rage des tordus qui veulent lui faire la peau.

— J'espère que ce n'est pas déjà fait…

— Les flics ne seraient pas agités comme ça.

— Qu'est-ce qu'on peut entreprendre ?

— Rien.

— On peut pas laisser tomber Maranges. J'ai rendez-vous à dix-heures avec la Marquise. Je suis sûr qu'elle va m'en apprendre un peu plus.

— Oublie tout. Tu vas surtout te faire décorer le portrait.

— Elle m'a donné rendez-vous rue de Rivoli, chez Angelina. Ce n'est pas un lieu idéal pour un traquenard.

— Justement.

— Tu peux m'aider ?

— Non.

— C'est toi qui vas aller chez Angelina. Tu vas demander à la libellule de te suivre dans un endroit où je vous attendrai. Tu peux bien quitter le journal deux heures.

— Et si la pute n'accepte pas de me suivre ?

— On abandonne.

— Et c'est moi qui me fais casser la gueule !

— Tu es assez grand pour te défendre ! Une rixe dans un salon de thé devrait plutôt t'amuser.

— Elle est comment ta fille ?

— Un mètre soixante-quinze, mince, les cheveux très noirs, les yeux verts, à la fois très jolie et très pute.

— Je l'emmène où ?

— Au bar du Lutetia.

*

Mao, mauvaise, maudissait Neubourg. Son ami avait revêtu une chemise blanche et un pantalon noir qu'il avait eu quelque mal à boutonner. La jeune femme était agacée par ces emprunts vestimentaires à la garde-robe de son mari. La placidité de Neubourg nourrissait l'équivoque. Un homme traqué n'aurait pas prêté autant d'attention à sa mise. Mao reconnut le parfum de Bill. Décidément, Neubourg ne se laissait entamer par aucun scrupule. Assise en face de lui, elle le regardait manger sans chercher à atténuer les sentiments inquisiteurs qui l'habitaient.

— C'était quoi ce coup de fil ?

Neubourg attendit d'avoir fini.

— J'appelais Marin au journal.

— Et pourquoi parliez-vous de putes et de traquenards ?

— S'il te plaît... Arrête avec tes questions...

— Arrête ?

— Je t'expliquerai lorsque tout sera fini.

Les traits de Mao s'étaient figés. Son sourcil gauche se fixa, obtus au-dessus d'un œil qui perdit soudain sa profondeur. Tout éclat disparut de ce visage contrarié, pétrifié par un masque de dépit. Jamais Neubourg n'avait osé se dérober. Il avait toujours été irréprochable, attentif et patient, sensible, retenu, obligeant et courtois. Mao le vit avec affolement quitter l'attitude de déférence dans laquelle elle avait su le maintenir.

La dureté inattendue de ses réponses, la rapidité avec laquelle il s'était soustrait à son interrogatoire la firent douter. Elle crut avoir mal entendu. Il fallut une stupeur prolongée pour que la réalité de cette mutinerie l'emplisse complètement, semblable à une goulée d'eau dans les bronches d'un noyé. Elle n'osa pas improviser une contre-attaque, certaine d'attirer sur elle un mépris et une révolte plus cruels encore.

Elle scruta le visage qu'elle ne s'était jamais décidé à aimer, ses tempes fortes, son front puissant traversé verticalement par un sillon inquiet. Les joues de Neubourg, qui s'était rasé un peu vite, étaient constellées d'étoiles carminées.

Mao affronta le regard orgueilleux de son ami. Elle ne vit pas sa faiblesse. Le jeune homme ne savait pas être méchant et aurait voulu autre chose que ce défi dérisoire, ce duel déplacé vers lequel il s'était laissé glisser par fatigue.

Il n'était pas dupe. Il n'avait rien tranché, rien enlevé. La charge agressive de ses mots avait trop brièvement électrifié l'atmosphère autour de lui pour renverser la situation. Mao saurait triompher de nouveau. Elle obtiendrait sa capitulation.

Il fallait partir maintenant. Marin avait peut-être déjà rejoint la Marquise. Le sort de Maranges était une question d'heures. Neubourg se souvint de sa dernière entrevue avec le pronostiqueur. Rien dans son attitude ni dans ses propos n'annonçait la tournure qu'avaient prise les événements. Ce n'était pas la première fois qu'il le voyait avec une grosse somme d'argent en liquide. Maranges était toujours poursuivi par des créanciers mystérieux. Cette fois-ci, tout avait basculé et Neubourg eut le sentiment déplaisant que l'humanité était devenue hostile. Tout un monde redoutable et obscur s'agitait autour de lui.

Il eut peur. La recherche de l'argent dont il était en possession semblait mobiliser des gens puissants et organisés, la police, mais aussi des mafias, des bandes, des clans plus décidés encore. Ils ne laisseraient aucune chance au misérable amateur qu'il était. Neubourg ne voyait aucun moyen de sortir de ce mauvais rêve. De cette affaire, il était le soldat inconnu : elle se jouait contre lui, malgré lui, en dépit de lui. Il était condamné à avancer à l'aveugle, livré à la fortune de sinistres poursuivants.

"J'ai peur, songea Neubourg. J'ai peur et c'est pour cela que j'ai été dur avec Mao. Ma cruauté est le signe de ma honte."

La jeune femme à côté de lui demeurait silencieuse. Elle ne devinait rien de son épouvante. L'affolement des pensées du jeune homme lui semblait trahir un dilemme amoureux.

Avec la naïveté qui convient aux esprits nourris de psychologie de magazines féminins, elle était persuadée d'avoir vu tomber le masque d'un schizophrène. Neubourg était double, une fatigue imprévue avait fait sauter le vernis derrière lequel il cachait sa véritable personnalité de célibataire névrosé.

Elle se souvint de la confiance qu'elle avait faite à Neubourg ; elle détesta l'image qu'elle avait de lui, rejeta les qualités qu'elle lui reconnaissait, piétina l'admiration qu'elle lui vouait. Tournant les yeux vers son visage blessé, elle le revit tout à l'heure lorsqu'il avait sonné à sa porte, sale et meurtri, sans chercher à justifier son arrivée inopinée à la première heure du matin. Elle enragea à l'idée de l'avoir laissé entrer sans explications. La haine s'empara de son esprit. Elle avait des couleurs, des reliefs et une variété que Mao n'avait jamais connus à l'amour.

Soudain, elle détesta Neubourg.

Le jeune homme qui avait soigneusement lavé le bol de son petit déjeuner avant de le poser dans l'égouttoir s'approcha de Mao et la prit par la taille. La jeune femme tourna la tête.

— Tu sais que j'ai besoin de toi… Je comprends ta défiance… Laisse-moi un peu de temps… Ça ne va pas en ce moment…

Il regarda Mao, comme s'il attendait une réponse. Son amie, dont les yeux s'étaient fixés sur le sol, ne remua pas les lèvres.

— Je suis venu parce que j'avais envie de te voir… Tu es la seule qui saches apaiser ma violence, la seule qui puisses calmer certaines passions…

Mao ne voulait plus l'écouter.

— Je dois voir Marin… Je serai de retour très vite… Je t'expliquerai tout… Tu comprendras…

Les mains de Neubourg quittèrent les hanches de son amie. Il regarda quelques instants son visage.

Il partit sans dire un mot.

VIII

Il faisait beau boulevard Raspail. Au carrefour avec la rue de Sèvres, les automobilistes semblaient nerveux à l'approche de l'été, mais l'atmosphère était très gaie. Près des bouches de métro, des marchands ambulants vendaient des objets de saison sur des étals dressés à la hâte : lunettes de soleil, casquettes aux armes de Paris, sandales de cuir, cartes postales.

Neubourg gravit les marches qui menaient au hall du Lutetia. Une famille d'Américains vêtus en athlètes de Central Park se pressait autour du concierge. Deux enfants déguisés en créatures de Dysneyland se poursuivaient bruyamment autour de leurs sacs de voyage. Coiffé d'une toque de David Crockett, un marmouset yankee s'était retranché dans un Fort Alamo de fortune élevé à l'aide de malles. Neubourg laissa les Mexicains donner l'assaut.

Toutes les tables de la grande salle n'étaient pas encore occupées. Le jeune homme chercha vainement Marin parmi les clients qui discutaient à voix basse. Il s'approcha du bar et s'assit sur un tabouret. L'endroit était curieusement triste ; le personnel semblait engourdi dans les délices d'une nuit prolongée.

Une enceinte cachée derrière les bouteilles de bourbon diffusait *Lady Sings the Blues* ; Neubourg ne reconnut pas la voix de Billie Holiday. Le barman qui essuyait un verre à cognac avec minutie consentit à s'intéresser à lui.

— Un citron pressé, lui lança le jeune homme sans attendre les politesses d'usage dont l'autre semblait avare.

En attendant d'être servi, il se leva et scruta la salle. L'absence de Marin l'intriguait. Il avait mis du temps pour venir. Son ami aurait dû être là. Trop d'événements s'étaient succédé ces dernière heures pour qu'il ne conçût pas quelque inquiétude.

La pulpe acide lui fit du bien. Lorsqu'il eut fini de boire, il remplit son verre d'eau et le vida d'un trait.

— J'avais rendez-vous, dit-il au barman en payant. Vous n'avez pas vu un homme d'une cinquantaine d'années, les cheveux gris, vêtu d'un costume de toile noire ? Il était probablement accompagné d'une femme brune…

— Je viens d'arriver. Demandez plutôt au concierge.

Dans le hall, Neubourg constata que la supériorité numérique des Mexicains avait une nouvelle fois eu raison de la bravoure des défenseurs de Fort Alamo. Le malheureux David Crockett, seul au milieu des ruines, avait perdu jusqu'à sa toque de raton laveur transformée en objet de dérision par ses adversaires. Les hommes du général Santa Anna couraient à travers l'hôtel en poussant des hululements vainqueurs. Contrarié par la défaite des

Texans, Neubourg se fraya un passage parmi les belligérants.

Il trouva enfin le concierge.

— Je cherche un ami qui aurait dû être au bar ce matin. Personne ne vous a laissé de message ?

— Quel est votre nom ?

— Neubourg.

— J'ai un pli pour vous, monsieur Neubourg.

Le concierge lui tendit une petite enveloppe.

— On nous a laissé cette lettre il y a environ une demi-heure.

Neubourg se mit à l'écart et lut rapidement.

Lutetia, dix heures cinquante.

J'ai vu ta libellule. Tu m'excuseras de ne pas t'avoir attendu, je ne pouvais pas rester. C'est vrai qu'elle est plutôt godillante la demoiselle. Elle a surtout l'air d'être perdue.

Selon elle, M. n'a rien à se reprocher, mais elle n'a guère été bavarde. J'ai le sentiment qu'elle se trouve comme toi avec la garde d'un beau bébé dont elle ne sait pas quoi faire.

Elle m'a parlé d'une certaine Alix, une punaise qui serait en train d'exercer une vengeance impitoyable sur M. La fille, de son vrai nom Martine Musil, travaille rue Blondel. Mais le donjon où elle reçoit ses clients haut de gamme est situé au 87, boulevard Murat, près de la porte d'Auteuil. C'est là qu'elle habite – avec son domestique ! Un petit tour là-bas serait probablement risqué, mais pas inintéressant.

Je suis au journal jusqu'à dix heures ce soir. Ne m'appelle qu'en cas de nécessité.

¡ Hasta la victoria siempre !

Marin

N.B. : Ma commensale de chez Angelina a peur de travailler aujourd'hui. Elle fera un tour vers seize heures place du Palais-Royal. Tu peux l'attendre devant le Français.

*

La fatigue ajoutant à l'inconscience, Neubourg était déjà boulevard Murat. Il avait néanmoins respecté quelques précautions et plusieurs fois changé de métro après avoir fait disparaître la lettre de Marin dans une bouche d'égout.

Porte d'Auteuil, il prit le temps de s'arrêter dans une brasserie et d'étudier les allées et venues autour de la place. L'importance de la circulation l'empêcha de repérer le moindre mouvement. Il se lassa rapidement. Il était plein de cette impatience inquiète qui fait les emportements fatals comme les coups de génie. Neubourg était comme ça. Il croyait en la grâce. On ne savait pas si c'était une marque d'orgueil ou un gage d'humilité. Sa libération l'avait convaincu que les policiers n'avaient rien à lui reprocher. L'idée de tomber sur une bande d'apaches moins cléments que les lardus ne l'effleurait même pas. La peur, chez lui, gardait quelque chose d'enfantin. C'était un pur et lumineux frisson qui se faisait sentir lorsqu'il se rétractait, jamais lorsqu'il se jetait en avant.

Le monde qu'il découvrait était trop étranger pour être inquiétant. Ce que lui avait raconté Maranges ne lui permettait pas d'imaginer le pouvoir et l'argent en jeu là où la chair se vend. Le terme même de donjon employé par Marin dans sa lettre l'amusait. Il se figurait une sorte de château fort où une réincarnation d'Aliénor d'Aquitaine procurait des délices rares à des amants fortunés. Les cages, les croix, les chaînes, les menottes et les cravaches lui semblaient un carnaval inoffensif. Le pronostiqueur, qui fétichait pour des panoplies beaucoup moins élaborées, lui en parlait comme d'une plaisanterie.

Boulevard Murat, une dernière séance de torture ne ressembla malheureusement pas à un canular. Neubourg le pressentit en arrivant chez Martine Musil. La porte de son appartement avait été forcée. Dans l'entrée, le jeune homme fut saisi par une odeur épouvantable, mélange de viande brûlée et de matières fécales. Tout de suite, il eut envie de vomir. Le bras sur le nez, il s'avança vers la pièce d'où se dégageait la terrible puanteur.

C'était une salle tendue de tissu noir percé un peu partout par des pointes d'acier. Au plafond pendaient des lanières de cuir, des chaînes et des crocs de boucher. Les fouets les plus invraisemblables étaient rangés dans des râteliers accrochés le long des murs : disciplines, garcettes, knouts, étrivières, martinets. Sur un petit autel orné de runes diaboliques trônaient d'énormes godemichés. Ces jouets lucifériens parurent puérils à Neubourg lorsqu'il découvrit, au fond de la pièce, la roue à supplice.

Un homme était accroché dessus.

Cette image effroyable se grava dans la mémoire de Neubourg. Il sut qu'elle lui collerait à l'âme comme les vampires accrochés à la peau des victimes dont ils sucent le sang. La scène était monstrueuse. Un nain avait été cloué sur la roue et livré à d'abominables sévices. Sa mort remontait à quelques heures. Ses yeux n'étaient plus que deux énormes trous noirs. Sa langue violette pendait de sa bouche élargie au rasoir. Il avait été châtré. L'infection venait de ses intestins répandus autour de lui. Des haches, des pieux, une scie couverts de sang donnaient un aperçu du raffinement démoniaque de ses bourreaux. Un chalumeau posé à côté de la roue faisait comprendre l'origine de l'odeur de rôtisserie.

Paralysé par la terreur, Neubourg mit un long temps à prendre une décision. Il aurait fallu avoir le courage de s'approcher, trouver la force de fouiller la victime. Il fut incapable de faire un pas en avant. Des pensées affreuses lui vinrent à l'esprit. Il aurait dû fuir, fuir et effacer certaines images de sa mémoire. Il en était à se poser des questions métaphysiques.

Il songea d'abord à un *snuff-movie*. Depuis quelques années, ces diableries étaient à la mode chez les rupins dégénérés. Ces dingues prenaient leur pied en filmant des scènes de torture et de meurtre accompagnées de brutalités sexuelles. Le capitalisme étant exportable en enfer, les cassettes de ces bacchanales circulaient d'un continent à l'autre. Même la traite des victimes était organisée de façon industrielle.

Le souvenir des verrous arrachés détourna Neubourg de cette hypothèse. A supposer qu'on trouvât à Paris des possédés capables de se livrer à de pareilles atrocités, ils devaient organiser leurs cérémonies dans des lieux particulièrement secrets, sans avoir besoin de forcer une porte pour y accéder. Il était évident qu'ils faisaient disparaître les traces de leurs crimes et ne laissaient pas pourrir leurs proies en attendant qu'on les découvrît.

L'homme attaché à la roue, cet homme mort dans des conditions barbares n'était pas une victime aléatoire. On avait voulu lui faire payer quelque chose. Ou alors on avait voulu le faire parler. Neubourg se souvint du domestique dont parlait Marin dans sa lettre. C'était lui. Cette idée lui sembla tellement évidente qu'il cessa d'observer le supplicié et quitta la pièce abjecte.

Dans le couloir, Neubourg resta désemparé. Il ne savait pas s'il devait abandonner les lieux, prévenir quelqu'un ou fouiller l'appartement. Il essaya de faire le lien avec tout ce qui s'était passé depuis la disparition de Maranges. La lettre de Marin l'avait convaincu d'avoir affaire à la vengeance de la mystérieuse Alix. La mort d'un de ses proches bouleversait cette conjecture mal assurée. La violence s'exerçait dans les deux sens. Maranges pour lequel il s'était engagé naïvement, Maranges auquel il était attaché à la faveur de quelques souvenirs lui parut soudain ignoble.

La vision sanguinolente qui poursuivait Neubourg chanstiquait toutes ses pensées. Il douta du bien-fondé de sa présence et de l'intelligence de son obstination. Il savait que Maranges lui-même était incapable de se prêter à de tels excès. Malgré la part d'ombre que conservaient ses activités, il le connaissait suffisamment pour n'avoir pas à en douter. Il devait avoir des nervis pour exécuter les basses œuvres, une fine équipe dépourvue de scrupules.

Neubourg fut saisi par la naïveté dont il avait fait preuve. Il était tombé en plein règlement de comptes mafieux, et il avait voulu gérer ça comme une affaire d'amitié. Le commissaire Kœnig avait raison. Il n'avait rien à voir avec le mitan, mais c'est lui qui allait se retrouver en carluche. Il suffisait que les flics débarquent pour qu'il soit immédiatement inculpé pour meurtre.

Sa présence boulevard Murat n'avait rien d'un hasard. La lettre de Marin était un faux destiné à l'attirer. L'écriture pourtant. Il était persuadé de l'avoir reconnue. On avait forcé Marin. Neubourg se souvint de leur déjeuner chez le Grec. Marin avait vite compris la situation. Le jeune homme se dit qu'il n'aurait jamais dû mettre le nez dans cette affaire. Cela lui aurait évité de se retrouver avec un cadavre sur le dos. Et Mao ! Mao à qui il n'avait pas pardonné son incompréhension. Mao qui se retrouvait avec quarante bâtons cachés chez elle !

Neubourg eut honte. Son aveuglement l'avait fait entraîner ses amis dans son naufrage. Il comprit certaines envies de mourir, lorsque toute volonté s'épuise, lorsque l'être se rend. Le désespoir s'épaissit et se fixa en lui comme du plomb coulé dans ses veines. Son corps était encore capable de mouvement, de réaction et de survie. Mais les recès les plus inaccessibles de son âme étaient résignés à la défaite. Il avait joué et perdu.

Il ne se soucia plus de rien. L'idée de finir sur la roue horrible ne l'effleura même pas. L'appartement n'était pas très grand. Il ne s'inquiéta pas de la présence éventuelle d'autres visiteurs. L'une des trois portes qui faisaient face à la chambre sombre pouvait cacher quelqu'un. Neubourg ne tenta même pas de se rassurer : il ne s'inquiétait pas, engourdi dans une stupeur moite.

Le seul désir qu'il eût fut de revenir en arrière, de tout effacer, d'annuler certaines résolutions désastreuses. La porte de l'appartement était ouverte devant lui, il pouvait disparaître sans laisser de traces. Il se sentait pourtant tenu, capturé, prisonnier. Au moment même où il aurait fallu agir, inventer un moyen de sortir de cette situation, éviter qu'elle ne s'aggrave, ses sentiments s'organisaient comme s'il avait été pris.

L'image du mort dans la pièce voisine se fit moins présente. Neubourg eut l'impression de sortir d'un long coma. Il avait une conscience claire de ce qu'il avait vu depuis son arrivée mais il lui sembla ne pas l'avoir vécu directement, comme s'il s'était mué en un être irréel. Son trouble n'était pas tout à fait apaisé lorsqu'il décida de quitter les lieux. Il avait attendu trop longtemps. Un bruit de pas dans l'escalier lui laissa juste le temps de se réfugier derrière la première porte devant lui.

*

Quelqu'un était entré. Caché dans une petite pièce, Neubourg essaya de deviner les intentions du nouveau venu au bruit qu'il faisait. Il lui sembla qu'il s'agissait d'une personne seule. Pour l'instant, elle faisait jouer le mécanisme de la serrure, comme si elle vérifiait que la porte avait effectivement été forcée.

Cela pouvait être un voisin qui avait découvert l'effraction en passant. Son calme apparent intrigua Neubourg. Il ne comprenait pas pourquoi il n'avait pas encore réagi à l'odeur infecte. Lui-même ne s'était habitué qu'avec peine à cette puanteur et faisait des efforts pour respirer le moins possible. Un bruit de pas lui indiqua que le visiteur se dirigeait de l'autre côté du couloir.

Le malheureux comprit l'origine de l'infection qui imprégnait l'appartement. La découverte du cadavre lui causa de longues minutes de stupéfaction. Neubourg aurait pu en profiter pour s'esquiver. La faible virulence dont témoignait l'inconnu le convainquit de rester. Il avait retrouvé son intrépidité. La surprise créée par cette arrivée inattendue l'avait tiré de son engourdissement. Son esprit fonctionnait à nouveau très vite ; il s'était glissé derrière un petit bureau en acajou, prêt à bondir.

Il profita des minutes de face-à-face du visiteur avec le cadavre pour observer la pièce dans laquelle il s'était réfugié. C'était un petit salon, mais la façon dont il était arrangé tranchait avec la pièce réservée à la clientèle SM. On se serait cru dans n'importe quel appartement cossu du 14e arrondissement, pas dans un boxon. Neubourg apprécia le mobilier Directoire, même s'il préférait celui de la période précédente. Les murs étaient tendus de tissu turquoise, des reliures en maroquin émeraude s'alignaient dans une large bibliothèque aux portes grillagées.

En observant plus attentivement la pièce, le jeune homme constata qu'elle avait été fouillée. Les tiroirs étaient tous entrouverts, des liasses de photographies s'empilaient sur les fauteuils, des enveloppes laissées par terre avaient été éventrées. Neubourg quitta sa cachette pour essayer de trouver quelque chose d'intéressant. Il ne songea pas à son imprudence. Son regard fut attiré par une enveloppe plus grosse que les autres. Elle était bleue et contenait des lettres. Il la mit dans sa poche. A ce moment-là, le visiteur quitta la pièce du fond et s'avança dans le couloir.

Neubourg reconnut des pleurs. L'inconnu reniflait, visiblement choqué par ce qu'il avait vu. A cette soudaine détresse, à la manière dont il évoluait dans l'appartement, Neubourg songea à un familier. Cette intuition fut confirmée quand le visiteur s'avança dans l'appartement, ouvrit une porte et entra dans la pièce à côté. Neubourg l'entendit tirer les rideaux, remuer des objets et fouiller différents tiroirs.

Soudain il discerna le son de sa voix. Le visiteur était une femme et parlait au téléphone. Elle s'était présentée... C'était Martine Musil ! Le jeune homme écouta ce qu'elle disait.

— ... J'appelle du château... Jimmy est mort... Torturé... Accroché à la roue... C'est affreux...

Son débit était entrecoupé de sanglots. Neubourg ne comprit pas tout ce qu'elle racontait.

— ... Je ne sais pas où il est !... Il ne m'a rien dit !... T'as qu'à voir ça avec elle !... Je vous attends !...

Elle raccrocha violemment. De l'autre côté de la cloison, Neubourg essayait de comprendre ce qu'il avait entendu. Il était partagé entre l'envie d'en savoir plus et la nécessité de disparaître. La pute avait dit à son interlocuteur qu'elle l'attendait. Elle avait même dit "Je vous attends". Ses amis étaient plusieurs. Ils risquaient de débarquer d'un moment à l'autre. Il serait impossible de tenter une retraite.

Neubourg réfléchit à la manière dont il pouvait quitter l'appartement. Hors de la pièce dans laquelle il était caché, il n'avait que quelques mètres à parcourir pour être dehors. Il n'avait pas à passer devant la chambre dans laquelle était entrée Martine Musil. Avec un peu d'habileté, elle ne l'entendrait pas. Les verrous de la porte d'entrée étaient dans un piteux état. Il n'eut pas à se demander comment l'ouvrir : elle ne fermait plus. Il fallait partir. Les autres allaient bientôt être là. Au moment où Neubourg se décidait, Martine Musil s'était remise à parler.

— … Ils m'ont dit qu'ils arrivaient !… Ce n'est pas lui !… Ils cherchaient l'argent !… Si tu voyais dans quel état il est !…

Neubourg était de plus en plus imprudent. Cette conversation était le moment idéal pour détaler. La pute était trop absorbée par ce qu'elle racontait pour prêter attention aux bruits du couloir. Le jeune homme eut la folie de rester.

Pendant ce temps-là, Martine Musil continuait.

— … C'est eux qui ont fait ça… Non !… Il risque d'être leur prochaine victime…

Martine Musil se regarda dans le miroir accroché au-dessus de son lit. Elle avait les traits défaits. Son maquillage avait coulé sur ses joues et une traînée noire avait glissé jusque dans son cou.

Elle parlait toujours au téléphone.

— … Je ne veux plus les voir !… Plus jamais !… J'ai peur… Simon ne me laissera jamais partir… Et je n'ai plus d'argent !… D'accord !… Oui… C'est ça !…

Elle reposa le combiné et s'effondra sur son lit. Comment avaient-ils pu faire ça ? Jimmy tellement sensible, tellement fragile, tellement douillet. Les salauds ! Elle revit le cadavre sur la roue, les yeux arrachés, la langue pendante, le visage défiguré.

Maranges n'était pas responsable de cette horreur. C'est ce que les autres racontaient. Elle ne les croyait pas. Maranges n'était pas un monstre. Il avait été longtemps son amant. Elle le connaissait bien. Ils avaient vécu ensemble cinq ans. Quatre mois après leur dernière rupture, elle n'avait pas perdu tout sentiment pour lui.

Elle le voyait souvent. Sa haine dissimulait mal son inclination. Elle aimait Maranges parce qu'il était moins violent que les autres, moins brutal que Simon, surtout dans l'amour. Elle le détestait pour la façon qu'il avait de s'esquiver, de ne pas lui appartenir entièrement. Elle avait réussi à le faire souffrir mais il lui avait fait beaucoup plus de mal encore. Elle le maudissait, elle l'abominait, il l'écœurait, il la dégoûtait. C'était un misérable, un infâme, un rebelle, un perfide, un renégat, un scélérat. Elle savait pourtant qu'il n'avait pas tué Jimmy.

Martine Musil se mordit les poings pour cesser de pleurer. Ses sanglots rauques l'empêchaient de respirer. Elle eut le sentiment terrifiant d'être en train de se noyer. Elle se leva, presque ivre. Dans la glace de l'armoire, elle vit son corps disloqué. Elle défit les agrafes dans son dos. Sa robe en soie rouge glissa. Elle ôta sa culotte en dentelle noire et son soutien-gorge. Elle était nue.

Elle se caressa doucement les épaules. Ce corps avait fait sa fortune. Elle était belle et savait utiliser ce privilège. Même Maranges avait été en sa possession, de courts instants, certes, mais il avait été entièrement sous son empire. Elle se souvenait de ces moments-là lorsque sa main glissa sur ses seins. L'affliction lui rendait insupportable sa chair devenue souffrante, ce corps où logeait sa peine. Elle aurait voulu s'en débarrasser d'un geste, comme elle l'avait fait avec sa robe.

L'eau froide apaisa sa violence. Elle resta de longues minutes la tête plongée sous le jet de la douche. Elle ne pensa plus à rien. Elle anesthésiait son chagrin.

IX

Le commissaire Kœnig avait perdu patience. Il ne supportait plus le bruit autour de lui, les portes qui claquaient, le téléphone qui sonnait, l'agitation inutile de ses subordonnés.

De grosses gouttes de sueur glissaient sur son front. Dehors, l'air semblait bouillir autour du soleil. La ventilation de son bureau refusait de fonctionner. Il songea aux quais de Seine baignés de chaleur, aux terrasses des cafés prises d'assaut, aux jardins publics encombrés. Il revit des images qui lui plaisaient, l'effervescence des bateleurs place Gambetta, l'agitation fraternelle boulevard de Belleville, la fraîcheur inespérée place Saint-Sulpice. Il était né à Paris et avait grandi près de la porte d'Orléans. Il connaissait la fièvre de la capitale les jours de canicule.

Il se souvint des soirs brûlants d'autrefois, lorsque le ciel s'emplissait de teintes écarlates et la ville résonnait de mille bruits inconnus. Avec sa sœur, ils allaient jouer au parc Montsouris après le repas. Il se prenait pour le docteur Livingstone, traversait l'Afrique du Cap au Zambèze, explorait des contrées inconnues, donnait des noms aux montagnes et aux fleuves. Sa sœur était Stanley et le retrouvait au bord du lac Tanganyika après avoir franchi les chutes Victoria et parcouru des forêts sauvages. Ils avaient toujours dans la poche une pièce pour s'acheter une glace avant de rentrer.

Kœnig était agacé. Il avait mal dormi et avait peu d'espoir de se rattraper cette nuit. Il avait essayé de joindre Célia, mais elle n'était pas là, comme si elle avait disparu pour lui faire payer son désistement de la veille. Elle était peut-être en Normandie avec un de ses amis, un kakou qui roulait en coupé Peugeot et se prenait pour Scott Fitzgerald. Kœnig ne voulut pas le croire.

— Monsieur le divisionnaire…

— Oui…

— Nous partons…

— Laissez-moi quatre minutes.

Arzel était entré dans le bureau sans frapper, comme à son habitude. Kœnig se dit que tout contribuait décidément à le mettre de mauvaise humeur.

Il n'avait pas envie de s'intéresser à Maranges. Puisque le commissaire Andréani avait commencé à s'occuper du bonhomme, il n'avait qu'à aller jusqu'au bout. Kœnig sentait qu'il avait été appelé en renfort pour partager les torts en cas de naufrage. Comme il voyait le bateau prendre l'eau de toutes parts, il n'était guère pressé de monter en route. Malheureusement, le directeur de la PJ au ministère de l'Intérieur avait appelé…

— Vous comprenez, Kœnig, je ne peux pas laisser huit cent mille francs se promener dans la nature… Il faut que vous surveilliez ce que fait le commissaire Andréani…

— C'est délicat…

— Je le conçois… Mais nous vous faisons confiance… Vous êtes apprécié en plus haut lieu…

Une petite flatterie qui ne coûtait rien. Kœnig savait qu'il était trop énigmatique pour inspirer confiance à qui que ce fût. Il n'attendait aucune promotion. Son rêve était de prendre une année sabbatique pour aller pêcher la truite dans le Montana, au beau milieu des Rocheuses, au pays des ours et des trappeurs.

Paris n'était plus Paris. Trop de ses camarades du lycée de la porte de Vanves dormaient au cimetière de Vaugirard, morts du sida ou d'une overdose, tués en voiture ou lors d'une fusillade. Il y avait eu Klein, ce juif avec qui il avait fait son droit à Assas. Le soir, ils allaient casser la gueule des fafs à la sortie des réunions de Tixier-Vignancourt. Ils étaient ensemble à l'Ecole de police. Klein était sorti dans les premiers et s'était fait dessouder quelques mois plus tard, lors de l'arrestation d'un groupuscule d'extrême gauche. Une fameuse récompense pour son engagement antifasciste…

C'était il y a vingt ans. Kœnig avait beau essayer d'expliquer ce qu'il ressentait en ce temps-là, Célia ne comprenait rien. Elle ne pouvait pas deviner la liberté qu'ils avaient à cette époque, l'optimisme qui palpitait dans leurs poitrines. Il détestait qu'on dise que Célia aurait pu être sa fille. L'incompréhension dressée entre eux n'avait rien de commun avec ce qu'il avait connu autrefois. Il s'était violemment opposé à ses parents, il se souvenait de ses éclats et de ses révoltes. Mais il avait été très lié à ses grands-pères, et plus encore à son arrière-grand-père.

L'ancien, né en 1885, se souvenait d'une aïeule qui lui racontait l'entrée des Prussiens à Paris soixante-dix ans auparavant. Kœnig allait le voir le mercredi dans son petit appartement de la rue Falguière. Son pépé lui racontait la Première Guerre mondiale qu'il avait faite dans l'armée d'Orient, les matchs du Racing à Colombes, l'exploit de Georges Simenon écrivant un roman dans une cage en verre sous les yeux ébahis du public parisien.

C'était son arrière-grand-père, mais rien ne les séparait. Tandis que Célia… Comment aurait-il pu être son père ? Ils n'appartenaient pas à la même espèce.

— On y va, commissaire ?…

— J'arrive…

C'était encore Arzel. Kœnig s'amusa de voir ses pensées errer, comme à chaque fois qu'il fallait perdre du temps. Il avait vu assez de collègues terminer dans une caisse en sapin par excès de zèle pour mesurer les méfaits de l'emportement. Alors il tempérait. Il jouait la montre, comme un footballeur italien en match à l'extérieur. C'était son grand secret. Il avait compris une bonne fois pour toutes que la vie ne se jouait pas à domicile.

Il finit par quitter son bureau. Pim, Pam, Poum, qui avaient suivi Neubourg après que le jeune homme eut quitté le commissariat, avaient logé la planque du journaliste. C'était un immeuble résidentiel de la rive gauche. Le jeune homme y était entré tôt le matin, une serviette en cuir sous le bras. Il en était ressorti quelques heures plus tard, sans la serviette. L'argent devait être dedans. Pim, Pam, Poum avaient repéré l'appartement où il était entré. Le concierge avait indiqué qu'il était habité par un couple, mais que seule la femme l'occupait en ce moment.

Kœnig n'avait pas de commission rogatoire puisque aucune instruction n'avait été ouverte. Le directeur de la PJ lui avait cependant demandé d'être discret. Avec une carte de police et un peu de baratin, se dit le commissaire, on peut faire des miracles.

Pim, Pam, Poum étaient en voiture. Kœnig monta à l'avant et ferma doucement la portière. La voiture démarra.

*

— Bonjour madame… Commissaire Kœnig…

Très poliment, le policier présenta sa carte tricolore à Mao.

— Nous menons une enquête… Est-il possible de vous poser quelques questions ?

— A propos de quoi ?…

Le policier vit l'embarras de la jeune femme. Il ne fallait pas la brusquer. Il poursuivit lentement.

— Au sujet de *Paris-Matin*… Certains journalistes sont victimes d'un chantage… Vous connaissez Neubourg ?…

Mao devint livide.

— Euh… oui…

— Nous pouvons entrer ?

— Bien entendu…

Kœnig fit un pas en avant. Il avait décidé d'opérer avec la plus grande civilité. C'était son style.

Mao, visiblement inquiète, dévisagea les deux hommes.

— Asseyez-vous, messieurs… Je vous sers quelque chose ?

— Merci. Nous n'en avons pas pour très longtemps.

L'appartement était tel que Neubourg l'avait vu le matin. Il plut à Kœnig. Il aimait la grande baie vitrée qui donnait sur la Seine, les étagères chargées de bibelots, le fauteuil en osier près de la cheminée en marbre blanc. Il aurait voulu pouvoir profiter du rayon de soleil qui plongeait la pièce dans une douceur tiède, s'allonger sur le canapé, se préparer un rhum-coco.

Son regard s'attarda quelques instants sur les jambes de Mao. Puis il demanda :

— Vous habitez ici depuis longtemps…

— A peine deux ans…

— J'aime beaucoup ce quartier…

— Vous n'êtes peut-être pas venu ici pour me parler du quartier ?

Elle se rétractait. Kœnig se reprit immédiatement.

— En effet… Nous menons, sur demande du juge d'instruction, des investigations autour de *Paris-Matin*…

Aucun magistrat n'était au courant de sa démarche. Mais il savait que la référence à la justice produisait toujours beaucoup d'effet. Mao resta très détachée.

— *Paris-Matin*... Le journal ?

— Oui... Celui dans lequel travaille votre ami Neubourg...

— Vous parlez de chantage... Il en est la victime ou le coupable ?

— C'est ce que nous essayons de déterminer...

Les yeux d'Arzel plongèrent dans le décolleté de Mao. Elle le vit et se redressa légèrement, un petit peu agacée.

— Je ne suis au courant de rien... Je ne vois pas comment je pourrais vous être utile...

— Neubourg était chez vous ce matin...

Mao sursauta. Elle n'aimait pas ces histoires. Neubourg était suivi par la police... Il avait quelque chose à se reprocher.

— Il a sonné vers huit heures... Je l'ai laissé entrer... Mais il ne m'a absolument rien dit...

— Il ne vous a pas expliqué pourquoi il était si matinal ?

— Non !

— Les traces de coups qu'il portait ne vous ont pas étonnée ?

Arzel sourit. La jeune femme le regarda étrangement, comme si elle essayait de deviner le sens de cette grimace.

— Si... Il m'a dit qu'il s'était fait passer à tabac... Je ne sais plus dans quelles conditions... Il n'a pas été très bavard...

— Et qu'a-t-il fait ensuite ?

Le policier était très calme. Il regarda la jeune femme hésiter, puis laisser tomber.

— Il a pris une douche… Puis il s'est couché…

Une nouvelle fois, Mao surprit le sourire d'Arzel. Elle le regarda méchamment et piqua son regard droit dans ses yeux.

— Il s'est couché tout seul, si c'est ce que vous voulez savoir !…

Kœnig tourna la tête vers son collègue. Cet imbécile allait tout faire rater ! Il poursuivit :

— Ne vous méprenez pas… Nous ne sommes pas ici pour parler de ça… Nous sommes à la recherche de documents !

— Que voulez-vous que j'y fasse ! Je n'ai jamais eu affaire à la police de ma vie !… Je n'ai jamais dérangé personne !… Je ne comprends rien à ces affaires de chantage et de documents !…

Les flics se turent. Kœnig savait mener un entretien délicat. Il s'agissait d'être calme. Il vit qu'Arzel voulait parler. Il ne lui laissa pas le temps d'ouvrir la bouche.

— Encore une question…

— Oui…

— Savez-vous où est parti Neubourg ?

Mao était au bord des larmes. Le commissaire le vit à un certain tremblement de ses lèvres, à la manière dont ses pupilles s'étaient muées en pépites noires. Elle était prête à exploser.

— Mais je ne sais rien ! Je n'ai rien à voir avec cette affaire ! Arrangez-vous avec Neubourg ! Je ne veux plus le voir !

Kœnig eut peur qu'elle se mette à pleurer. C'était mal la connaître. Mao n'était pas intimidée. Elle était certaine de ne rien avoir à se reprocher. C'était sa colère du matin qui n'était pas retombée. Elle en voulait à Neubourg de s'autoriser certains secrets avec elle.

L'arrivée impromptue des policiers eût rallié certaines femmes. Elle eût adouci celles qui par principe prennent le parti du traqué, du prisonnier, du justiciable. Elle eût réveillé le sentiment maternel de celles pour qui la loi est une raison trop cruelle. Elle irrita Mao, Mao qui raillait les règlements, Mao qui se moquait des normes, Mao qui détestait qu'on lui fasse la leçon. Elle ne pouvait pas se l'avouer : profondément, elle détestait le désordre. Les policiers n'avaient pas à s'inquiéter. Elle était de leur côté.

Kœnig parut désarmé. Il s'attendait toujours à voir la jeune femme éclater en sanglots. Il reprit doucement.

— Pardonnez-moi d'insister… Un détail de la plus grande importance… Neubourg vous a-t-il confié quelque chose avant de partir ?

— Il ne m'a rien donné… Je vous dis que je lui ai à peine parlé…

— Peut-être des habits… Une sacoche…

— Oui… Un polo et un pantalon… Un cartable aussi…

— C'est ça !… Ce cartable contient probablement les documents que nous recherchons…

Le commissaire prit un ton plus autoritaire. Il devint même catégorique et continua :

— Je vais vous demander de me présenter ce cartable…

Mao se leva, les policiers la suivirent dans la chambre. La jeune femme prit la serviette en cuir posée sur une chaise et la tendit au commissaire.

— Voilà.

Kœnig passa la sacoche au lieutenant Arzel. Son acolyte l'ouvrit et palpa l'enveloppe en kraft qu'elle contenait. Il remua le menton. Le commissaire n'imaginait pas que Mao les empêchât d'emporter le précieux butin. Il se fit toutefois urbain à demi.

— Mes attributions d'officier de police judiciaire m'autorisent à emporter cette pièce pour les besoins de l'enquête. Vous me permettrez de la conserver…

Mao ne réagit pas. Elle s'en moquait et se réjouissait de pouvoir jouer un vilain tour à son ami.

— Neubourg pourra récupérer son cartable ?

— S'il n'est pas retenu comme une pièce à conviction, il sera à sa disposition au siège de la police judiciaire.

Kœnig eut honte de mentir si effrontément. Mais il connaissait l'origine de l'argent et doutait que Neubourg eût les moyens de se plaindre de sa disparition. Il regarda encore une fois Mao.

— Vous n'avez aucune déclaration supplémentaire à nous faire ?

— Aucune.

Les policiers se dirigèrent vers l'entrée. Elle les suivit dans le couloir et fit jouer la poignée dorée de la porte. Kœnig s'avança sur le palier.

— Au revoir, lui dit-elle.

— Je vous remercie pour votre aide, lui répondit Kœnig. Et je vous souhaite une bonne journée.

Derrière lui, le lieutenant de police Arzel agita simplement la tête.

*

C'était la deuxième fois que le coupé décapotable noir descendait l'avenue de l'Opéra. Seul un groupe de lycéens agglutinés place Colette le remarqua, sans doute impressionnés par la marque de l'automobile, une voiture allemande dont la presse spécialisée avait récemment vanté les performances.

La femme au volant attirait l'attention des conducteurs des véhicules voisins. Elle étonnait avec ses lunettes noires et son visage que déformait une vilaine moue. Le feu redevint vert au carrefour de la rue de Rivoli, et le coupé noir fila vers la Seine avant qu'ils aient pu se poser davantage de questions.

Marie Toumieux était inquiète. Ses coups d'œil dans le rétroviseur révélaient une femme traquée. Elle n'était pas passée rue de Mogador. Elle avait peur d'être attendue. Maranges était passé la voir une dernière fois jeudi soir. Depuis, son portable ne répondait plus. Personne ne savait où il était. Elle avait l'intuition qu'il lui était arrivé quelque chose.

Elle-même s'étonnait du souci qu'il lui causait. Il avait réussi à la toucher avec sa démarche fragile, sa gentillesse ingénue, sa fragilité affectée et véritable sous son masque de comédie. Elle lui trouvait un air à la Nicolas Cage. Il était lui aussi né en 1964 et avait la même maladresse dégingandée, la même propension à se prendre pour Robert Mitchum.

Elle n'était pas amoureuse. Ses sentiments étaient simples, à peine troublés par un peu de jalousie. Elle ne parlait pas d'amour, évoquait rarement l'amitié. Ce qui la liait à Maranges n'avait pas besoin d'être défini, cela tenait dans une confiance mutuelle, un enthousiasme réciproque, une fierté et un étonnement sans cesse renouvelés d'être l'un pour l'autre si existants.

Lorsque Neubourg était venu la voir, Marie Toumieux avait été prise au dépourvu. Ce n'était pas une femme d'improvisation. Elle répétait qu'elle n'était pas très intelligente, bien que ses amis lui interdissent cette mortification. Elle ne savait pas penser les événements ; elle aimait les sentir. Elle insistait sur ses sentiments, ses fidélités, ses émotions, même si sa vie lui avait offert peu d'occasions d'en faire montre.

Tout avait commencé à quinze ans, quand un ami de son père lui avait proposé mille francs pour coucher avec elle. Elle avait refusé. Mais elle avait compris ce jour-là que l'argent n'était pas difficile à trouver. Plus tard, elle avait eu des petits amis, mais tous l'ennuyaient : ils lui faisaient mal l'amour.

Lorsqu'elle était étudiante, elle avait pris l'habitude de sortir avec des messieurs plus âgés. Elle racontait qu'elle était inscrite en histoire de l'art, même si ce n'était pas vrai. La vie était libre à Paris, au début des années quatre-vingt.

Elle jouait les professionnelles du sexe, par indifférence autant que par ironie. On l'avait prise au mot. Sa pudeur, son mépris du monde qu'elle fréquentait, firent d'elle une dominatrice. Des vieux fous la payaient pour qu'elle leur pisse dessus, leur pince les tétons ou les couvre d'injures. Cet argent gagné facilement l'avait amusé. Bientôt, il devint indispensable.

Elle avait des amis, des protecteurs, des soutiens dont elle jurait qu'ils n'étaient pas des souteneurs. Comme toutes les prostituées modernes, elle prétendait regarder les maquereaux comme des personnages sortis des films de papa. Personne ne la croyait, mais cela faisait partie du petit théâtre de sa vie.

Elle avait regretté d'avoir été fruste avec Neubourg. Dans un premier temps, elle s'était dit qu'elle n'était pas l'Armée du salut. Le jeune homme l'avait agacée avec ses questions. Elle n'avait pas vocation à s'occuper des malheurs des autres. Personne ne se souciait d'elle lorsqu'elle était dans l'embarras.

Puis elle avait eu des remords. Elle s'était souvenue d'un jour où Maranges était venu la chercher au commissariat du 9e, alors qu'elle s'était fait encafer pour avoir refusé de céder à un chantage sordide du commissaire Andréani.

Maranges risquait gros avec Andréani. Le policier le détestait et lui avait promis de le faire tomber proxo. Elle s'était rappelée ce geste et d'autres choses qui lui plaisaient.

Alors, elle avait laissé un message à Neubourg et lui avait donné rendez-vous chez Angelina. Elle avait tout raconté à son ami venu à sa place. Sans trembler. On ne lui pardonnerait pas. Elle s'en moquait. Elle l'avait fait pour Maranges. Où était-il ? Il fallait se dépêcher. Elle espérait revoir Neubourg.

X

Il y avait le bruit obsédant que faisait la radio cachée derrière le comptoir. Neubourg essaya d'écouter un bulletin d'information, mais les consommateurs parlaient trop fort pour qu'il entendît. Le rade sentait le percolateur et la limonade. Dans la salle du fond, une jeune fille en tablier bleu passait la serpillière. Elle avait la peau très blanche et les cheveux blonds. Lorsqu'elle se pencha, Neubourg vit qu'elle ne portait pas de soutien-gorge.

Derrière le zinc, le patron parlait avec des clients. Cravaté, boutonné jusqu'au col, il était le seul à ne pas souffrir de la température extérieure qui approchait les trente degrés. A côté de lui, sa femme préparait un croque-monsieur. Elle était vêtue d'un chemisier en dentelle blanche ; ses grosses boucles d'oreilles rouges ajoutaient à la vulgarité d'un maquillage excessif.

Neubourg était assis à côté d'un juke-boxe. Il n'avait pas pris la peine de lire les étiquettes derrière la vitre grasse. La machine n'était pas branchée. Il l'avait déploré, comme si rien n'avait pu lui faire davantage plaisir que d'écouter un vieux standard.

Il avait commandé un jus de tomate en l'honneur de Maranges. Il tournait lentement sa longue cuillère dans la pulpe épaisse. Sa visite boulevard Murat n'avait pas fini de le bousculer. Ses yeux s'étaient accrochés par hasard à une carte de la forêt de Brocéliande encadrée sur le mur en face de lui. Il finit son verre, commanda un autre jus de tomate et un Paris-beurre.

— Avec des cornichons, précisa-t-il.

Deux touristes japonaises s'installèrent à une table voisine, avec leur plan de Paris, leurs appareils photo, leurs cartes postales. Il essaya de leur sourire. Elles prirent sa grimace pour une suggestion et tournèrent la tête. Personne ne le comprenait.

Il pensa à Marin. Il avait été rassuré d'entendre sa voix. Dès qu'il avait quitté le taxi, il avait appelé *Paris-Matin*.

— C'est moi.

— Qu'est-ce que tu deviens ?

— Tout va bien. Je te raconterai.

La lettre du Lutetia n'était pas un faux. Marin n'était pas entre les mains de fondus décidés à l'envoyer taper le carton avec Lucifer. Neubourg n'avait pas osé appeler Mao. Il ne voulait pas l'alerter. Elle se serait encore mise en colère.

Il palpa la poche de son pantalon. Il hésitait à sortir l'enveloppe ramassée chez Martine Musil. Un rapide coup d'œil autour de lui le rassura. Personne ne semblait s'intéresser à ce qu'il faisait.

Il aurait voulu mettre de l'ordre dans ses projets. La disparition de Maranges, les quatre cent mille francs dissimulés chez Mao, la Marquise contre lui, puis avec lui, le nain crucifié, tout cela s'était mélangé dans son cerveau et formait une bouillie compacte qui collait aux parois de son crâne.

Il se souvint de Foch à la veille de la bataille de la Somme : "De quoi s'agit-il ?" Il avait de la sympathie pour Foch et pour ses grosses moustaches de généralissime. Il fut la revanche de l'esprit français sur l'orgueil des officiers du Kaiser gorgés de Clausewitz. Neubourg n'avait jamais rien entravé à la doctrine du Prussien et à sa théorie de la guerre défensive. Il la trouvait floue, retorse, pas vraiment française… Comment la mener contre un adversaire inconnu ? Comment envisager une bataille d'anéantissement face à un ennemi parfaitement organisé ?

Décidément Clausewitz n'était pas l'homme de la situation.

Neubourg préférait les stratèges chinois. Il repensa à *L'Art de la guerre* de Sunzi : "Dans les temps anciens, les guerriers habiles commençaient par se rendre invincibles, puis ils attendaient que l'ennemi fût vulnérable." Ça collait mieux à la situation. Il fallait établir un plan. Non ! Une méthode. Neubourg ne se souvenait plus très bien qui avait dit ça.

De toute façon il n'avait pas de méthode.

Il rumina une formule du Grand Timonier que lui avait apprise Marin : ma stratégie, c'est un contre dix, ma tactique, c'est dix contre un. Cette chinoiserie sonnait plutôt bien.

Il regarda les visages autour de lui. L'enveloppe lui avait semblé contenir des éléments intéressants.

Il avait cru comprendre une partie de ce que Martine Musil avait raconté au téléphone. Sa poche cachait probablement de quoi se forger une conviction.

Il posa l'enveloppe sur la table et l'ouvrit. Elle contenait des lettres pliées en deux, toutes signées d'un mystérieux “S”. Il en prit connaissance sans attendre. Le style était maladroit, emprunté, amphigourique, plein de ces formules qui encombrent les passions infantiles des personnages de séries télé. Ce galimatias sentimental s'avéra vite lassant. Neubourg songea à un feuilleton brésilien mal doublé. Deux lettres retinrent cependant son attention. Elles étaient plus concises que les autres.

Paris, lundi 12 novembre.

Mon poussin,

Tu sais que tu me manques. Je ne veux plus que tu lui appartiennes. Il ne t'aime pas. Il se sert de toi. Débarrasse-toi de ce sale type. Tu ne te rends pas compte de tout le mal que ça me fait. Comprends-moi. Tant qu'il ne sera pas dehors, j'aurai envie de le tuer. Je pense à lui dans ton lit, à la chaleur de ton corps près de lui. Ça me rend fou !

Je ne veux plus penser qu'à nous deux. Au printemps, nous partirons en voyage, je te le promets. J'ai pensé à la Tunisie. En attendant, dis-lui de disparaître. Qu'il ne s'amuse plus aux gendarmes et aux voleurs avec nous. Nous avons les moyens de gagner la partie et de lui faire regretter ses légèretés de poulain. Il ne va pas tarder à se faire rectifier.

Je serai chez toi vers huit heures ce soir. Tu ne passeras pas une nuit de plus avec ce salopard. C'est trop cruel pour moi. Il ne faut plus jamais que ça se reproduise. Je t'aime.

S.

Paris, le 12 mai

Bon anniversaire ma chérie !

Tu es l'amour de ma vie, ma toujours fraîche, ma toujours belle, ma toujours jeune. Il n'y a que toi sur terre. J'ai une surprise pour toi. C'est ton anniversaire et je ne pense qu'à ça depuis huit jours. Je t'ai préparé une superbe soirée.

J'attends toujours l'argent des courses. Il me doit huit cent mille francs. Je compte sur toi pour les récupérer. Qu'il n'essaye pas de jouer au malin avec nous. Ce sera sans rémission.

Je ne veux pas te menacer aujourd'hui, mais ne joue pas avec lui. Il a déjà perdu. Il nous a pris pour des imbéciles. C'est une grave erreur. Il me faut cet argent tout de suite. Si nous apprenons que tu l'as prévenu, tu payeras pour lui.

S.

Neubourg croyait avoir décrypté les messages. Ces lettres étaient inquiétantes. Il les rangea dans l'enveloppe et se leva. Il étouffait.

*

Dans une librairie, Neubourg acheta *L'Art de la guerre*. Il possédait déjà cette traduction, mais il avait ressenti le besoin d'avoir Sunzi à portée de la main. On se sent moins vulnérable avec vingt-cinq siècles de ruse dans la poche.

Il descendit dans le métro. Sur le quai, les gens étaient indifférents au malheur dans lequel il était plongé. Dans la rame, il s'assit à côté d'une jeune fille qui révisait son bac de français en annotant un exemplaire des *Fleurs du mal* taché d'encre.

— Vous connaissez le mot étonnant de Baudelaire ?

— Pardon ?…

— J'ai mis du temps à devenir infaillible.

Elle avait les yeux mauves et les lèvres joliment dessinées. Neubourg voulut lui parler. Cette jeune baudelairienne semblait capable de comprendre de quelle matière sa tristesse était faite. Le métro était arrivé à la station Palais-Royal. Il descendit.

Dehors, il constata qu'il était en avance. Il se demanda s'il ne devrait pas s'arrêter dans un kiosque, acheter *Le Monde* et prendre connaissance de ce qui s'était passé depuis trente-six heures. L'actualité ne l'intéressait plus.

— Les journaux sont des métaphores vaines de nos vies, murmura-t-il, surpris par cette maxime inattendue.

Sunzi accordait la plus grande importance à l'élément moral et Neubourg était accablé. C'était un Occidental simple. Il avait besoin d'une ligne de démarcation explicite entre le bien et le mal. Des méchants et des gentils. Il était déboussolé par son passage boulevard Murat. Si Maranges était derrière le crime de Jimmy, ils ne pouvaient plus être dans le même camp.

Lorsque le coupé noir de la Marquise passa une première fois à son niveau, Neubourg ne le remarqua pas. Il était entièrement absorbé par un problème stratégique posé par Sunzi. Selon le Chinois chipoteur, la victoire est l'objectif principal de la guerre. Si elle tarde trop, les armes s'émoussent et le moral s'effrite. Neubourg lui-même ne se sentait déjà plus très bien.

Il s'accorda encore vingt-quatre heures. Il voulait absolument localiser Maranges, s'expliquer avec lui au sujet de l'argent, avoir quelques éclaircissements sur le martyre de Jimmy et comprendre le rôle des putes dans cette macédoine méphitique.

Il oubliait les flics. Il pensa à Kœnig et à ses pétillants sbires. Il serait peut-être amusant de les prévenir du carnage boulevard Murat. Ça mettrait du piment dans les hostilités. Neubourg conçut le projet d'arrêter un des gosses en rollers qui jouaient au hockey place du Palais-Royal et de lui donner un billet pour qu'il appelle Kœnig. Il n'avait même pas son numéro. Ce n'était pas en appelant Police secours qu'il arriverait à le joindre.

La Marquise passa une nouvelle fois rue Saint-Honoré et ralentit lorsqu'elle arriva à la hauteur de Neubourg.

— Nous avons peut-être des choses à nous dire ?

Le jeune homme se retourna.

— Je vous attendais.

Il fit le tour du véhicule, ouvrit la portière et s'installa à côté de la jeune femme. Il l'avait à peine reconnue derrière ses lunettes de soleil. Elle était vêtue d'un chemisier en soie moirée indigo et d'une courte jupe noire, beaucoup plus sport que la veille.

Lorsque la voiture redémarra, ils ne dirent pas un mot. Neubourg, qui ne comprenait rien à la mécanique et qui n'avait jamais passé son permis, se surprit à admirer la conduite de sa voisine. Les muscles de ses jambes jouaient avec élégance.

Neubourg aimait être conduit par une femme. Une mythologie voulait qu'il fût plus facile de séduire au volant d'un bolide. On ne se laisse pas prendre à ces naïvetés lorsqu'on a eu vingt ans parmi des filles qui avaient toutes, dans leur sac à main, des clefs de voiture qui marquaient leur liberté. On comprend la nécessité de conserver la fragilité d'un piéton pour déclencher l'hormone maternelle à quoi tout se résume.

Marin ne voulait pas le comprendre. Il en était resté à l'époque où les garçons étaient faits pour casser des voitures et raccompagner les filles chez elles à la fin des soirées. Imagerie de ringard !... Une femme perd toutes ses défenses lorsqu'on lui laisse jouer la maman. Sunzi n'avait pas abordé la question, mais il aurait immédiatement compris cette stratégie.

Neubourg sourit en observant Marie Toumieux. Pourquoi ne pas s'improviser gigolo ? Il pourrait lui dire qu'il manquait d'argent. Il se persuada, à examiner ses traits contractés, qu'elle avait besoin de caresses. La sexualité des putes était un secret qui l'avait toujours intrigué. Comment pouvaient-elles prendre leur pied ? Les réponses de Maranges avaient toujours été évasives.

Il regarda encore une fois sa conductrice. Elle n'avait pas l'air d'être en manque de galipettes. C'est plutôt le frisson des mots qu'elle recherchait. Elle voulait jouir du verbe… Neubourg se sentit capable de relever le défi. Il se serait volontiers improvisé pourvoyeur d'orgasmes sémantiques… Dans cette époque de zombies, la concurrence n'était pas rude. Avec quelques amis bien montés du côté du sens, ils pourraient ouvrir une agence.

Lorsque Neubourg prêta à nouveau attention au monde sensible, il vit la Seine sur sa droite. La voiture était arrêtée à un feu. Le silence de la Marquise finit par le troubler.

— Vous m'emmenez où ?

— Où vous voulez…

— Tournez à droite pour rejoindre la rue Saint-Jacques…

La fille s'exécuta sans dire un mot. Neubourg fut étonné de ne pas être inquiet. Il pouvait être tombé dans un piège. Marie Toumieux avait l'air encore plus incertaine que lui. Il eut envie de lui demander si elle connaissait Jimmy, mais il se dit que l'annonce de sa crucifixion n'allait pas lui remonter le moral. Toujours Sunzi : mieux valait rester mystérieux comme une divinité.

*

Neubourg était trop bavard pour cacher longtemps sa faconde dans les éthers. La Marquise n'avait pas lu Sunzi, mais elle avait pris l'avantage. Le jeune homme parlait depuis un quart d'heure lorsqu'elle consentit à se départir de son mutisme. Elle le regarda droit dans les yeux.

— Vous croyez en Dieu ?

Neubourg faillit s'étrangler.

— …

La fille s'impatienta.

— Vous ne me prenez pas au sérieux ?

Cette remarque attrista Neubourg. Il ne se sentait cependant pas dans des dispositions idéales pour spéculer sans filet sur la théodicée. Comment répondre, ici, alors qu'il venait d'être témoin de la mort d'un homme et que Maranges était introuvable ?

— Il y a peut-être plus urgent que Dieu.

— Plus urgent ?

— Oui.

Il ne s'était pas trompé. Elle voulait se branler avec des questions métaphysiques. Et lui, il était en train de faire salon dans une voiture à l'arrêt, à l'ombre des platanes d'une contre-allée, comme La Fontaine chez Mme de la Sablière : "Dieu ? Ma chère… Relisez ma fable du douzième livre…"

Neubourg n'avait pas de fable sous la main mais une pute à côté de lui qui voulait parler de Celui qui meut sans être mû, le premier moteur, la cause première, l'être nécessaire, l'*ens quo majus cogitari non potest*. Un jour, Maranges lui avait expliqué que les putes lisaient Nietzsche. Neubourg avait souri, mais ça lui avait paru moins invraisemblable que Pascal. Et là…

— Pourquoi cette question ?

— Parce que… je vais mourir et que j'aimerais bien savoir…

Neubourg déglutit.

— Mourir ?

— J'ai fait un choix.

Cette assurance impressionna le jeune homme. Il observa plus attentivement les gestes de Marie Toumieux. Elle ne le regardait plus, elle ne regardait nulle part.

— Vous aimez Maranges ?

— Non !

Le visage de la pute avait à peine bougé. Elle poursuivit, posant ses mots avec plus de fermeté.

— Pourquoi ne me répondez-vous pas ?

— Pourquoi allez-vous mourir ?

Aux questions sur l'existence de Dieu, toujours répondre par une autre question. C'est l'inusable méthode de l'ennemi jésuite. La pute se renfrogna. Neubourg, qui l'examinait maintenant plus attentivement, se trouva méchant. Il avait toujours déploré que ses amis fussent incapables d'aborder le problème de l'origine. Même Marin se fermait dès qu'il évoquait Dieu. Pour une fois que quelqu'un lui posait la question, pourquoi se défausser ?

Il regarda les doigts de la Marquise, ses ongles peints en rouge ; il vit le maquillage sur ses cils ; il s'arrêta sur sa bouche suggestive et ses lèvres qui semblaient avoir été refaites. Voilà pourquoi il s'esquivait. Voilà pourquoi il refusait une discussion qui le passionnait. Comment une fille aux ongles peints en rouge pouvait-elle s'intéresser à Dieu ? Il était un salaud.

La voix de la Marquise devint imperceptible. Neubourg se rendit à peine compte qu'elle lui parlait.

— Ce que je fais pour Maranges… c'est parce que je crois en Dieu…

— Qu'est-ce que vous faites ?

— Je vous ai appelé… J'ai vu votre ami… Je suis ici avec vous…

— Pourquoi m'avez-vous envoyé boulevard Murat ?

La pute tressaillit.

— C'est Martine Musil qui a donné Maranges.

— A qui ?

— Vous êtes allé boulevard Murat ?

— Oui…

— Vous n'avez pas compris ?

— J'ai vu un homme qui avait salement morflé… Je ne sais pas s'il croyait en Dieu… En tout cas il est mort.

— C'est Simon qui l'a tué.

— Qui est ce Simon ?

— Un monstre.

Il faisait chaud dans la voiture. Ça faisait vingt minutes qu'ils étaient là. Le jeune homme eut envie de sortir. Il sentait que les passants commençaient à les regarder d'un drôle d'air.

Le visage de la pute était devenu ombrageux à l'évocation du mystérieux Simon. Neubourg avait envie de lui poser d'autres questions, mais il eut peur de l'agacer. Il reprit sur le ton de la confidence :

— J'ai vu beaucoup de choses que je n'aurais jamais dû voir… Je suis prêt à les oublier. Je veux uniquement retrouver Maranges.

— Maranges est entre les mains de Simon.

— Prisonnier ?

La Marquise acquiesça d'un signe de tête. Neubourg poursuivit :

— Vous savez où ?

— Non.

— Vous savez pourquoi ?

— Ils ne pouvaient plus partager Alix. Comme deux araignées. Il a fallu que l'une dévore l'autre.

— C'est fait ?

— Non. Simon recherche une grosse somme d'argent dont Alix avait la garde. La dernière fois que j'ai vu Maranges, il m'a juré que cette oseille était à lui.

— Vous lui donnez raison ?

— Je ne sais pas. Ce que je sais, c'est que Maranges est un jojo la bricole et que Simon est un assassin.

— Tant qu'il aura pas mis la main sur l'argent, il gardera Maranges en vie ?

— Vous avez compris.

Neubourg commença à trouver une cohérence aux épisodes qui s'étaient enchaînés depuis deux jours. Maranges était tombé sur un teigneux. Ça devait lui arriver, mais c'était plus violent que prévu. Le jeune homme s'inquiéta.

— On va le retrouver ?

— Vous, peut-être… Moi, j'ai fait tout ce que je pouvais. Ça va me coûter cher.

— Ne parlez pas comme ça. On va prendre des dispositions. Vous allez vous mettre sous la protection de la police.

— Vous savez ce que c'est que la police ?

La Marquise avait enlevé ses lunettes. Son regard était terrifiant. Neubourg songea à la nuit qu'il avait passée. C'est vrai qu'ils n'étaient pas clairs du côté de la maison poulaga. Qu'est-ce qu'ils voulaient ? Le jeune homme se dit que la pute allait le prendre pour un gentil cave. Il coupa court à toute spéculation.

— Ce sont les flics qui m'ont décoré le portrait.

La Marquise haussa les épaules pour montrer ce qu'elle pensait de ces gamineries. Neubourg se demanda ce que ce geste cachait d'années d'humiliations. Comment mettre en balance quelques coups de poing et des années d'avanies ? La pute avait dit qu'elle allait mourir, le jeune homme eut le sentiment qu'elle *voulait* mourir. Il vit qu'elle ne pouvait plus supporter certaines violences, certaines vexations quotidiennes. Les bleus qu'il portait au visage lui parurent dérisoires par rapport aux souffrances dont elle témoignait. Le mal dans sa vie restait un accident. Il entrevit une existence où il était la norme, une verrue, un bubon qui avait poussé comme un champignon et tout contaminé. Les gaudrioles qui encombraient son esprit s'étaient évanouies.

— Et Dieu ?

La pute insistait. Neubourg céda à moitié.

— J'aime bien le raisonnement du jeune Kant. Puisqu'il est impossible que rien ne soit possible et que le fondement de la possibilité ne peut être que dans un être nécessaire, alors Dieu existe !

XI

— Allô ?

— C'est Neubourg.

— Tu tombes bien, la police vient de passer, ils ont emporté ton cartable comme pièce à conviction.

— Tu plaisantes ?

— Pas du tout.

— Comment sont-ils arrivés chez toi ?

— Je n'en sais rien.

— Mais pourquoi n'as-tu rien demandé ! Ils n'ont pas le droit d'entrer comme ça chez les gens et d'emporter ce qui leur plaît.

— Je fais confiance à la police.

— Confiance !

— Oui !

— Et moi, quand je te laisse un objet en dépôt, tu ne me fais pas confiance ?

— Tu ne m'as parlé de rien. Ce sont les policiers qui m'ont demandé ce cartable.

— Ils savaient !

— Quoi ?

— Que j'étais chez toi ce matin !

— C'est ce qu'ils m'ont dit.

— Et tu les as laissés repartir avec mes affaires sous le bras ?

— Je ne pouvais pas m'opposer à eux.

— Si ! Tu pouvais ! Il fallait leur demander s'ils avaient une commission rogatoire.

— Ça t'apprendra à me laisser sans nouvelles.

— T'apprendra !

— Oui.

— Tu sais ce qui est en jeu dans cette histoire ?

— J'aurais aimé le savoir.

— Mais je te l'aurais dit ! Je t'ai seulement demandé de me laisser le temps de régler quelques affaires. Et toi tu manges le morceau.

— Je mange quoi ?

— Le morceau ! Tu me dénonces !

— Je n'ai rien dénoncé du tout.

— Et la serviette que j'avais laissée dans ta chambre ?

— Les policiers savaient qu'elle était là…

— Comment est-ce possible ?

— Je te laisse répondre à cette devinette. De toute façon, ils m'ont dit que tu pourrais aller récupérer ton cartable au siège de la police. La prochaine fois tu me raconteras pourquoi tu débarques à l'aube.

— Je n'allais pas me lancer dans des explications interminables !

— Laissons cela.

— Comment veux-tu que je ne me mette pas en colère ? La serviette ne m'appartenait pas.

— Les policiers vont te la rendre.

— Tu plaisantes. Ce qu'ils ont fait est illégal. Je ne reverrai jamais cette serviette. Ce n'étaient peut-être même pas des flics. Ils avaient quoi comme voiture ?

— Je n'ai pas regardé.

— Tu as vu une carte ?

— Celle d'un commissaire… Un nom allemand…

— Kœnig !

— C'est ça.

— Qu'est-ce qu'il faisait là ?

— Il menait une enquête.

— Sur moi ?

— C'est ce qu'il m'a dit.

— Et il savait que je t'avais laissé des affaires ?

— Apparemment.

— Comment est-ce possible ?

— Tu lui demanderas !

— Comment peux-tu être perfide à ce point ?

— J'en ai assez de tes mystères.

— C'est pour te venger que tu as fait ça ?

— C'est pour que tu ne m'oublies pas.

— Tu es inconsciente.

— J'espère que ça te servira de leçon. La prochaine fois tu ne me prendras pas pour une imbécile.

— Il n'y aura pas de prochaine fois !

— Chantage ?

— Non ! Pas chantage ! Trahison. Tu m'as trahi. Je n'arrive pas à le croire.

— Imbécile !

— Mao ?

— Oui.

— Tu crois en Dieu ?

— Quoi ?
— Rien.

*

Neubourg voyait le monde autour de lui en noir et blanc. La teinte dominante était le gris, un gris fade et persistant qui avait sali la vie autour de lui. Il plongea dans un feu sans couleur. La chaleur était absente de la fournaise qui le consumait.

Mao l'avait trahi. Le jeune homme se répétait leur conversation téléphonique pour se persuader qu'il n'avait pas rêvé. Mot à mot il essayait de se souvenir de ce qu'elle avait dit. Ça t'apprendra à me laisser sans nouvelles… La prochaine fois tu ne me prendras pas pour une imbécile… Elle était folle !

L'argent de Maranges était entre les mains des flics. Et de quels flics ! Il allait être impossible de le récupérer. Le commissaire Kœnig était un drôle de crocodile. Comment avait-il trouvé l'adresse de Mao ? Comment avait-il su pour l'argent ? Neubourg n'arrivait pas à croire cette histoire vraisemblable.

Il cherchait l'élément qui lui manquait pour comprendre ce qui s'était passé. Kœnig n'était guère renseigné sur sa vie. Il ne pouvait pas connaître ses liens avec Mao. Même s'il avait le sentiment de vivre dans un monde qui invitait à la parano, Neubourg n'osait pas croire que les bourres possédaient une copie de son carnet d'adresses. En attendant qu'il y eût des caméras dans toutes les villes et un œil électronique dans tous les téléviseurs, les limiers des Renseignements généraux rassemblaient sur les individus des informations très sommaires.

Le progrès viendrait. Le progrès vient toujours. Provisoirement, il était encore possible d'échapper quelques heures aux cognes. Possible de jouer au chat et à la souris sans déclencher immédiatement un système de capture électronique.

Quelqu'un avait forcément prévenu les flics. Mao ? Non ! Neubourg la connaissait. Elle l'avait abandonné par caprice. Sa malveillance s'était exercée sans préméditation.

Le jeune homme sentit la trahison de Mao agir en lui comme un puissant venin. Sa volonté s'engourdissait à mesure qu'il prenait conscience de ce qui était arrivé. Des souvenirs lui remontaient. Il revoyait des journées passées avec Mao, il réentendait ce qu'ils s'étaient dit. Puis il imaginait son amie face à Kœnig, il la voyait en train de lui donner la serviette. La superposition de ces images lui causait une soudaine asphyxie.

La trahison ouvre une sale blessure. Neubourg, qui ne l'avait jamais vécue si sauvagement, la ressentit comme une profanation. Celui qui trahit franchit la ligne sacrée. Il piétine un recoin sans protection. Sa fourberie rend toute défense impossible, tout mouvement tardif, toute vengeance vaine.

Le jeune homme essaya de ne plus penser à Mao, mais il sentait battre en lui une fureur qui le dévorait. Il était furieux de s'être livré si aveuglément ; il ne savait pas faire preuve de mesure. Il croyait posséder une solide intuition des êtres et il avait manqué de discernement. Il s'en voulait. Sa colère s'exerçait d'abord contre lui-même. Il était le premier objet de sa rancune.

Il se vit au bord d'un gouffre, saisi par un accès de vertige, brusquement prêt à tomber. Il avait la bouche sèche et les muscles figés. Il ne pouvait pas appeler Marin. Kœnig en savait déjà beaucoup trop, il ne fallait pas lui en apprendre plus.

Et puis Marin se serait encore amusé. Il lui aurait rapporté l'anecdote d'un dirigeant maoïste donné par sa petite amie et aurait brodé à l'infini sur une histoire de cache d'armes trouvée par la police à la suite des déboires amoureux d'un chef de cellule. Le jeune homme aurait perdu patience.

Il était tard lorsque Neubourg se demanda ce qu'il allait faire. Son ressentiment était toujours aussi violent, mais il s'était comme minéralisé. Il nourrissait le murmure d'une colère obstinée.

La soirée apportait un peu de fraîcheur, mais l'air de Paris demeurait irrespirable. Il fallait s'habituer, lors des grandes journées de chaleur, à vivre sans oxygène. Neubourg constata autour de lui que les gens y réussissaient plutôt bien.

Il regarda un groupe d'adolescents qui jouaient au basket sous les voies du métro aérien. La vitesse avec laquelle circulait le ballon au milieu des maillots multicolores rendit vaine toute tentative de compter les points. Neubourg ne réussit pas à savoir qui avait l'avantage. Il comprenait à peine les règles du jeu. Les éclats de voix qui résonnaient sous la voûte métallique lui permirent simplement d'emprunter un peu d'euphorie à ces garçons.

Il continua de marcher vers la place d'Italie. Il évitait de se rapprocher des quartiers où on aurait pu le chercher : les alentours de la place Denfert-Rochereau, le Panthéon, la rue de Mogador, les rues où Maranges avait ses habitudes, le 16e du côté du boulevard Murat. Ça faisait presque un quart de Paris.

Il espérait que la chasse à l'homme allait bientôt prendre fin. Sinon, il serait rapidement obligé de s'exiler.

L'idée n'était pas sans séduction. L'exil avait toujours été une tentation. Il rêvait d'une vie de pionnier en Amérique du Sud ou en Océanie. Un pays qui aurait ressemblé à une nouvelle France. Il avait envie d'une maison blanche sur une terre lointaine, de visages nouveaux, d'un grand jardin où il aurait pu renifler autre chose qu'un mélange de gasoil et de monoxyde de carbone.

La ville l'écrasait. Il n'appréciait plus l'agitation dont il avait eu jadis besoin, il ne supportait plus les bousculades et la confusion. Paris le fatiguait. Il avait fini par penser que l'urbanisme était une aberration dans le développement de la civilisation. Il aurait voulu tout recommencer, partir avec une poignée de familles, bâtir des fermes, défricher des forêts, détourner des cours d'eau, lancer des programmes agricoles, fonder une patrie.

Mais il savait que l'exil était une illusion. Il fallait rester. Son époque le condamnait à désespérer jusqu'au bout. Neubourg se demandait s'ils avaient été nombreux, avant lui, à se sentir si mal dans leur siècle. Il enrageait de ne pas être né où il aurait dû, d'avoir eut cent, trois cents ou cinq cents ans de retard !

Il n'était pas fait pour cette agitation ni pour ces jeux vidéo ; il n'était pas fait pour cet argent, ni pour ces films pornos ; il n'était pas fait pour ces cartes à puce ni pour ces autoroutes de l'information ; il détestait cet embrigadement et cette morale de troupeau ; il haïssait les machines et les écrans.

C'était un homme pour qui rien n'était plus beau que de réciter *Les Châtiments* au cours d'une promenade digestive. C'était un homme d'autrefois dont le plus grand plaisir était de laisser miroiter les reflets d'un vieux cognac en regardant monter le soir. Hélas, il vivait sous un soleil où personne ne récitait de poésie et traversait des nuits que personne ne contemplait.

Tandis qu'il avançait vers l'énorme masse de verre et d'acier qu'un architecte dément avait élevée place d'Italie, Neubourg prêta attention à la rumeur qui avait empli l'avenue. C'était un soir de printemps, et toutes les fenêtres étaient ouvertes. Dans chaque appartement grelottait la lueur bleue d'un téléviseur. Tous les postes n'étaient pas tous réglés sur la même chaîne, mais Neubourg sentit que le bruissement des programmes formait une seule voix. Une voix angoissante qui se mit à lui parler.

Elle lui demandait de cesser son refus. Elle voulait qu'il arrête de se gargariser de poésie et de mépriser les images. Elle voulait qu'il mesure la vanité de sa révolte, l'inanité de son mépris. Elle savait tout de lui. Elle lui ordonna de se rendre. La parenthèse était close. Il n'avait jamais fait l'Histoire, il ne la ferait jamais.

Place d'Italie, Neubourg n'entendait plus que le vacarme des voitures qui formaient devant lui un extravagant manège. Il se demanda s'il n'avait pas rêvé. Il supportait difficilement une fatigue prolongée. Sa tête se peuplait d'étranges créatures. La voix s'était tue. Il continua à avancer. Il était difficile de deviner où il allait. Lui-même ne le savait pas. Il fuyait.

*

Le commissaire divisionnaire Kœnig ne buvait jamais d'alcool. Il le déplora. Il aurait volontiers sablé le champagne. Les pieds posés sur son bureau, il se balançait sur sa chaise en souriant.

La moitié de l'argent était là. Il s'étonnait de la facilité avec laquelle il l'avait récupéré. Le métier de policier procurait quelquefois des joies simples. Lorsqu'il était rentré, il avait téléphoné au ministère de l'Intérieur pour annoncer sa victoire. Heureusement qu'il était là pour réparer les bévues d'Andréani. Il se félicitait encore d'être si subtil lorsque sa secrétaire l'appela.

— Quelqu'un au téléphone, commissaire !

C'était Célia. Elle annonça à Kœnig qu'elle passait quelques jours avec un ami. Elle était au Touquet. Le policier ne s'était pas trompé de beaucoup. La jeune fille essaya d'être agaçante, elle ne parvint pas à gâcher la joie du commissaire. Il était tout entier au bonheur de son exploit. Il la laissa sans regret.

— Bravo Kœnig ! lui avait-on dit place Beauvau. Dépêchez-vous de retrouver l'autre moitié de l'argent !

Le dossier ici devenait plus obscur. Andréani avait notifié que Maranges avait réussi à subtiliser les huit cent mille francs qui avaient été sortis de la Banque de France pour servir les besoins d'une étrange enquête dont il était le responsable. Il n'avait pas été capable de déterminer ce que le pronostiqueur en avait fait. Kœnig avait dû mener l'essentiel des recherches.

Martine Musil, qu'Arzel n'avait pas eu à menacer très longtemps, avait lâché que l'argent était caché en deux endroits distincts par Maranges. Le hasard, ce dieu des imbéciles auquel Kœnig ne croyait plus, avait voulu que Neubourg commît l'imprudence de se montrer rue du Bac. Le commissaire savait qu'il ne devait pas compter sur une telle aubaine pour retrouver le reste de l'argent. Il allait falloir faire preuve d'imagination.

Kœnig avait bien quelques adresses. Mais il se méfiait du commissaire Andréani. Il savait que son collègue ne le laisserait pas établir une topographie claire de son territoire. Leurs relations ne lassaient pas d'être étranges. Kœnig n'aimait pas ce policier jadis promis à tous les honneurs et qui peu à peu s'était enlisé dans des aventures équivoques.

Personne dans la maison n'évoquait ses liaisons avec le mitan, son goût pour les femmes et ses énormes besoins financiers. La déchéance d'un être supérieurement qualifié inspire toujours un silence embarrassé de la part de ceux dont l'admiration fut un investissement. On se taisait lorsque le commissaire Andréani était là. Ses pairs de la brigade de répression du proxénétisme le saluaient toujours poliment mais ne prenaient jamais le risque d'évoquer devant lui une enquête sensible.

Kœnig était irrité par ce mélange de peur et de vénération. Il avait bien connu Andréani lorsqu'ils faisaient ensemble leurs débuts au quai des Orfèvres. Ils avaient à peine cinq ans d'écart, et Kœnig, qui était le plus jeune, n'avait jamais été envoûté par son aîné. Il avait décelé chez lui une inquiétante violence.

C'était à la fin des années soixante-dix. Un soir, ils avaient reçu l'ordre de descendre dans un clandé de l'avenue de la Grande-Armée réputé pour être l'adresse favorite de l'état-major d'un parti politique. On disait que plusieurs ministres y avaient un rond de serviette. Kœnig avait été choqué par la façon dont Andréani et son équipe avaient traité les filles. La confusion de l'attraction et de la haine chez son collègue l'avait déconcerté. Il avait essayé de protester. L'autre s'était retourné avec des yeux lugubres, faux feux d'un Machiavel de pacotille.

— J'ai opinion qu'il est meilleur d'être hardi que prudent à cause que la fortune est femme et qu'il est nécessaire pour la tenir soumise de la battre, avait-il lancé dans un ricanement sinistre.

Kœnig avait préféré oublier. Andréani était l'espoir de la police et il savait laisser certaines illusions aller au bout de leur chemin.

Vingt ans après, le commissaire Kœnig tenait peut-être sa revanche. Fort d'un crédit intact, Andréani avait persuadé les plus hautes autorités de la nécessité d'entreprendre une enquête de grande envergure pour démanteler un réseau de prostitution qu'il disait immense. On l'avait laissé mener seul son affaire.

Après six mois, c'était un échec complet. Il semblait même qu'Andréani avait perdu la maîtrise de ses réactions. L'argent qu'il avait fait sortir avait disparu, le fichier qu'il devait se procurer était introuvable. L'enquête s'était résumée à un face-à-face ambigu entre Andréani et Maranges. Le policier avait laissé voir une inimitié qui avait fini par paraître suspecte.

La place Beauvau avait réagi lorsque Maranges avait réussi à subtiliser huit cent mille francs à l'occasion d'un inexplicable tour de passe-passe. Selon Andréani, cet argent était en dépôt chez Martine Musil et devait servir d'appât au détenteur d'un gigantesque fichier de prostitution. Maranges, lorsqu'il était passé relever les compteurs aurait exigé que la pute lui en remît la totalité. Et il avait disparu avant qu'Andréani pût répliquer.

Kœnig n'avait pas cherché à discuter cette version des faits, mais il comprenait que la discrétion qu'on lui demandait au ministère trahissait une affaire à plusieurs niveaux de lecture. Il avait pris en charge ce dossier sans gaieté de cœur. Il voulait en être débarrassé au plus vite et éviter de marcher sur une mine. Son seul objectif était d'éviter que la maison fût éclaboussée.

On lui avait demandé de retrouver l'argent, il s'y employait. Il avait fait surveiller le domicile de Neubourg et les locaux de *Paris-Matin.* Mais le commissaire n'attendait aucune information supplémentaire de ce côté-là. Il était persuadé que Maranges l'avait seulement utilisé comme couverture. Le jeune homme avait accepté par défi et par vanité. Il devait avoir pris connaissance de la disparition de l'argent chez son amie, et avoir compris qu'on ne s'aventure pas sans munitions dans la cour des grands.

Le commissaire divisionnaire Kœnig se balançait doucement en pensant à la façon dont il allait retrouver la seconde partie du trésor. A ce moment-là, il aurait aimé écouter de la musique. Leonard Cohen chantant *I'm Your Man* par exemple.

XII

La lune s'était accrochée au-dessus de la ville, ronde et dorée comme un Saint-Sacrement. On n'entendait plus que les voitures qui sillonnaient Paris avec un entêtement d'insecte. Partout, la fièvre était retombée. Les derniers bars avaient fermé leurs portes et leurs clients étaient rentrés se coucher.

Neubourg fut saisi par l'effroi. Un policier en uniforme était penché sur lui et lui donnait de violentes claques. Le jeune homme jeta un œil paniqué sur ses collègues qui bourdonnaient.

— Réveillez-vous réveillez-vous réveillez-vous…

Ce n'étaient pas des policiers, c'étaient des pompiers. Neubourg respira. Il aimait bien les pompiers. Leur camion rouge était garé derrière eux. Ils remontèrent dedans lorsque le jeune homme fut debout. Ils lui avaient demandé de rentrer chez lui, sans chercher à lui causer davantage de souci. Figé dans un vague garde-à-vous, Neubourg avait acquiescé avant de disparaître.

Maintenant, il courait presque. Les rues défilaient sans qu'il retînt leur nom. Tandis que son esprit sortait de son engourdissement, il essayait de comprendre ce qui lui était arrivé. Il se souvenait de s'être arrêté dans plusieurs bars après la place d'Italie. Leur image s'était faite chaque fois moins précise. Il n'arrivait pas à retrouver la saveur de ce qu'il avait bu. En palpant fébrilement sa poche, il constata qu'il ne lui restait plus grand-chose. Il se demanda comment il avait pu dépenser autant d'argent.

Il avait bien conservé quelques images de ce qui s'était passé, le plus souvent des bruits. A un moment, il avait embrassé une grande fille blonde. Sa bouche avait un goût de tabac qui l'avait écœuré. Plus tard, il avait provoqué un consommateur en lui demandant ce qu'il pensait de la bulle *Unigenitus*. Comme cet insolent refusait de répondre, le jeune homme avait voulu se battre. Un gentil cadre à lunettes les avait séparés et Neubourg avait quitté le bar en criant que les jésuites voulaient sa peau.

C'est à ce moment qu'il avait essayé d'entrer au Cléo, une boîte à partouzes de l'avenue d'Italie. Maranges lui avait souvent parlé de ce haut lieu des bacchanales fin de siècle. Neubourg voulait savoir ce qui se passait dans ces salons orgiaques où s'improvisaient des débauches compliquées. La Marquise y avait ses habitude. Il s'était convaincu qu'il devait réussir à être admis à l'intérieur pour son enquête. Il avait apostrophé les couples discrets qui arrivaient en leur proposant d'entrer avec eux.

Au bout de vingt minutes, deux nervis étaient sortis, exaspérés par le bruit et les plaintes des clients. Ils avaient demandé à Neubourg de s'éloigner. Il avait refusé. Le plus grand d'entre eux l'avait alors empoigné sous les bras et l'avait propulsé dix mètres plus loin. Comme le jeune homme les avait traités de sodomites, ils avaient complété à coups de pied la gamme de bleus laissés par les policiers la nuit précédente.

Le séditieux avait fini par se taire et les deux brutes l'avaient abandonné à son agonie.

Il avait fallu quelque temps à Neubourg pour se remettre de cette altercation. Au bout d'une demi-heure passée entre le coma et le sommeil, il s'était relevé, la tête bourdonnante, les tempes gonflées, les os incertains, sans tout à fait se souvenir de ce qu'il lui était arrivé. Il avait cherché un endroit où s'asseoir et se remettre de ses émotions. Dans un petit café, toujours plus sale, toujours plus minable, il avait bu des verres de bière tiède qui lui avaient fait du bien. Puis il était sorti à la recherche d'un autre rade.

Bientôt, il avait eu l'impression qu'un nuage de chauves-souris l'accompagnait d'un endroit à un autre, chaque fois plus noir et plus dense. Le froissement de leurs ailes autour de lui l'obsédait. Il avait tempêté contre l'architecte qui avait refait le quartier et maudit sa manie d'inverser les lignes de perspective. Il avait eu l'impression que les murs des immeubles se frottaient contre lui. Il s'était senti prisonnier des mâchoires d'un monstre amorphe. Il avait voulu s'échapper. Les chauves-souris ne l'avaient pas lâché. Il avait couru, changé de rue, semé ses poursuivants dont les petites dents claquaient dans le noir.

Ces satanées bestioles l'avaient retrouvé.

Epuisé par son effort, Neubourg s'était mis à penser à l'argent que lui avait laissé Maranges. Qu'est-ce qu'il en avait fait ? Il s'était souvenu du petit cartable de cuir dans lequel il l'avait rangé. Où était passé ce cartable ? Il s'était remis à courir dans des rues qui s'allongeaient, accusant pêle-mêle les pompiers, les policiers, Simon, Mao, le commissaire Kœnig et Marie Toumieux de lui avoir dérobé son cartable. Les carrefours s'étaient faits plus nombreux. Il avait eu la certitude d'être captif, Petit Poucet sans cailloux égaré dans un labyrinthe immense.

Au loin, il avait entendu des mitrailleuses Viêt-cong. Elles étaient subitement devenues hargneuses. Tac-a-tac-a-tac !

— Mon lieutenant ! Mon lieutenant ! avait hurlé Neubourg, le visage couvert de sueur, les tripes nouées, persuadé d'être perdu dans une rizière infestée de Viets.

Un méchant mugissement d'orgue avait empli la ville autour de lui. Il avait été couvert par des chœurs eschatologiques et par le crissement rageur des fusils d'assaut ennemis. Tac-a-tac-a-tac !

— Mon lieutenant ! avait-il supplié.

Au loin Jim Morrison gazouillait... *Zi size zi hainede maille frainede*... avec un clavecin aux aigus diaboliques en contrepoint. Neubourg avait fini par s'effondrer, perdu, infirme, accablé, touché entre les omoplates par une balle viêt.

Plus tard, il était revenu à lui. Sa montre était cassée, son pantalon déchiré au genou, du sang avait coulé sur son visage et laissé de longues traînées noires en séchant. Le jeune homme avait regardé autour de lui et murmuré.

— Saigon, merde, je suis encore à Saigon…

Il avait eu soif. Son attitude étrange et son regard qui trahissait une démence passagère n'avaient étonné personne à cette heure. L'air était doux et il y avait encore beaucoup de monde dans les rues. Des groupes de lycéens reprenaient maladroitement les refrains de vieilles chansons de garde. Des touristes en grappes interminables déambulaient à la recherche du pittoresque. Des couples attendris s'attardaient près d'un cracheur de feu fatigué.

Neubourg avait pensé à ses billets. Il n'arrivait pas à se souvenir comment il avait perdu son cartable.

Une dame très gentille s'était approchée de lui.

— Vous avez besoin de quelque chose, monsieur ?

— D'un tube de Lexomil et d'un 357 Magnum…

La mamie était repartie en haussant les épaules. Au bout d'une laisse, son cabot ridicule poussait des jappements sourds.

Neubourg, toujours persuadé d'avoir pris une balle dans le dos, s'était préparé à mourir. Il avait senti en lui quelque chose de rouge et de chaud se répandre sur le trottoir. A la fin, il avait eu la certitude de baigner dans une mare de sang. Il avait voulu appeler un prêtre pour l'extrême-onction, puis il s'était dit que les curés étaient tous des tire-au-flanc. Aucun de ces cloaques d'impureté n'aurait accepté de se déranger à l'impromptu pour un pauvre damné descendu par l'infanterie viet en plein Paris.

Il avait alors sombré dans une nuit aux couleurs effrayantes, pleine de figures fantastiques et de hurlements infernaux.

Il avait été réveillé par les pompiers.

*

Neubourg allait mieux. Ses pensées s'étaient réorganisées, sans qu'il parvînt cependant à se souvenir de tout ce qui lui était arrivé. Il se revit dans la cabine téléphonique lorsqu'il avait appelé Mao. Il se souvint que l'argent était perdu à cause d'elle.

Il comprit l'entêtement avec lequel il avait bu, l'acharnement avec lequel il s'était enivré. Les verres de chinon avaient succédé aux verres de chinon, puis il avait essayé la bière, le rhum, le bourbon, le gin, la vodka, le cognac, payant des tournées à ses compagnons de hasard, lançant des billets chiffonnés autour de lui, montant sur le zinc pour dire sa détresse en vers libres.

Il avait chanté en français, en anglais, en allemand, en espagnol, en russe, en chinois mandarin et en latin. Il avait sympathisé avec des mères de famille obèses et des étudiants étiques, avec des chômeurs cardiaques et des retraités hypocondriaques, avec des baptistes anachorètes et des cathares alcooliques.

Il avait trépigné, sauté, crié, tempêté, hurlé, frémi, pleuré, glorifié la nuit et réprouvé le jour, célébré l'ivresse et maudit la tristesse. Il avait couru sur l'avenue après les voitures, traversé Paris de la place d'Italie à la Bastille, écumé les troquets à l'affût de ses ennemis, interrogé tous ceux qu'il avait croisés.

Il était épuisé. Il ne se sentait plus la force de réfléchir ni d'improviser une campagne éclair pour défaire les lignes ennemies. D'ailleurs, il n'avait plus son volume de Sunzi. Il était probablement perdu, donné à une fille en gage de fidélité ou abandonné pour payer une note de bar.

Neubourg se dit qu'il pourrait trouver un hôtel. Il aperçut devant lui l'enseigne lumineuse d'un deux étoiles. Ces hébergements standardisés avaient la faveur des voyageurs de commerce et des couples adultères. Il n'appartenait à aucune de ces deux catégories, mais se dit que ce relais ferait parfaitement l'affaire. Il n'était plus très sûr de son état civil et fut ravi de trouver un non-lieu pour abriter son absence momentanée de jugement. Il aimait les halls d'entrée clairs, le parfum insignifiant des meubles en bois blanc, les chambres sans passé. Pas de taches sur les draps, pas de mégots dans les cendriers, des prospectus sans cesse renouvelés.

Il entra dans l'hôtel et réveilla le portier assoupi derrière un guichet en verre. Il demanda une chambre avec salle de bains.

L'autre lui réclama sa carte bleue, mais Neubourg lui dit qu'il n'en avait pas. Contrarié, le portier prit ses billets à regret avant de lui tendre une clef, une facture et une télécommande.

Dans l'ascenseur, Neubourg se dit qu'il pourrait regarder Eurosport. Avec un peu de chance, il tomberait sur une rencontre de football gaélique ou sur une course de tracteurs. Il avait également une vieille tendresse pour l'athlétisme. Cette inclination amusait ses amis qui lui trouvaient le ventre un peu rond pour un dieu du stade. Il leur rappelait qu'il avait couru jadis le mille mètres en deux minutes quarante.

La chambre était comme il les aimait. Une odeur âcre de lessive industrielle imprégnait les draps, des petits gâteaux emballés dans de la cellophane étaient posés sur la table de nuit avec du café lyophilisé. Cette télé au-dessus de lui, cette nourriture en plastique, ces dix mètres carrés reproduits à l'infini à Auxerre, à Toulouse, à Lille, à Rouen, à Dijon, à Amsterdam, à Düsseldorf, à Stockholm, à Zurich, à Seattle et à Sydney lui offraient un moyen imprévu de désespérer de son époque.

Il se regarda dans la glace. Son visage était effrayant. Il s'étonna que le portier l'ait laissé entrer dans cet état. En inspectant le reste son corps, il vit que sa chemise était tachée et que son pantalon était déchiré. Il s'en débarrassa rapidement. Dans le bar, il trouva une mignonnette de pastis qu'il vida d'un trait. L'alcool brûlant dans sa gorge lui rappela qu'il existait.

L'eau de la douche lui parut froide mais il cessa de se poser des questions. Il aurait voulu se raser avant de se coucher, comme il avait bizarrement l'habitude de le faire lorsqu'il dormait à hôtel. Il regretta de ne pas avoir son nécessaire de toilette.

Il se coucha, vêtu de son caleçon à carreaux rouges et seulement couvert d'un drap. Sur la table de nuit, il y avait une petite bible bleue qu'il prit et commença à feuilleter. Il eut envie de relire Jérémie. Lorsqu'il découvrit qu'il s'agissait d'une traduction des mormons, il envoya le volume à l'autre bout de la pièce.

Il lui restait la télévision. Les mormons n'avaient pas encore de chaîne sur le bouquet proposé par l'hôtel. Il fit défiler les canaux à la recherche d'une image intéressante. Il passa rapidement sur Eurosport qui retransmettait les championnats du monde de billard à Las Vegas. Il s'arrêta sur un porno californien plein de queues noires, jaunes, rouges, toutes énormes. Le sperme jaillissait par litres tandis que des blondes obèses poussaient en allemand d'interminables soupirs. Les gros plans gynécologiques s'intégraient mal à l'esthétique de Neubourg.

Le jeune homme appuya sur le bouton de sa télécommande et vit le visage crispé d'Harvey Keitel apparaître à l'écran. C'était *Bad Lieutenant* en espagnol. Il regarda le dernier quart d'heure qu'il connaissait par cœur. Il se dit que même en version latino, Abel Ferrara était décidément le dernier cinéaste à comprendre quelque chose au dogme sublime de la transmibilité des mérites.

Lorsque le film s'acheva, il était tard. Neubourg ne put s'empêcher de passer d'une chaîne à l'autre, de s'attarder sur un documentaire animalier en japonais, de regarder un clip en russe et de suivre les informations sur CNN. Il essaya de comprendre cette agitation, de percer le secret de ces images, de trouver un sens à cette vie multiple, grouillante, colorée d'une planète soudain enfermée dans quelques dizaines de centimètres carrés.

Les chambres d'hôtel étaient le seul endroit où il s'intéressait à la télévision. Il s'était toujours dit que c'est là qu'il attendrait la fin du monde. Semblable à un moribond, il tenterait de percer avec sa télécommande le mystère d'une humanité déréglée.

Il avait oublié Mao. Le sort de Maranges ne le tourmentait plus. Dans le noir, seuls brillaient ses yeux immobiles.

Les images du téléviseur miroitaient à leur surface comme un mirage sur l'eau d'un étang. Il s'endormit.

*

Ils étaient deux. Ils avaient un nom, une adresse et l'ordre de faire vite. Ils mirent un quart d'heure à trouver la rue et à garer leur voiture, une berline anglaise de couleur sombre. Celui qui était au volant semblait mener les opérations. Il sortit le premier. Il était vêtu d'une gabardine en cuir marron, d'un pantalon en toile écrue, de bottes en cuir cirées avec soin. Il avait aux mains des gants en soie noire. Ses cheveux étaient longs. Il tira un petit morceau de papier de sa poche et le relut attentivement. Lorsqu'il eut fini, il le déchira et jeta les morceaux dans le caniveau.

Son acolyte s'était déjà mis en route. Il le retint d'un sifflement bref. Plus long, très maigre, l'autre se retourna et revint vers lui. Il portait un manteau bleu et un chapeau aux larges bords qui cachait presque entièrement son visage au teint cireux. Ses joues étaient dévorées par une vilaine maladie de peau. Ils échangèrent quelques mots et le chef sortit de sa veste un paquet de cigarettes. Il le tendit silencieusement à son compagnon.

Une voiture s'avança dans leur direction et ils firent un pas sur le côté pour la laisser passer. Lorsqu'elle disparut, l'homme à la gabardine en cuir se retourna pour s'assurer que la rue était déserte. Puis il lança son trousseau de clefs à l'autre qui ouvrit le coffre de la voiture et sortit un jerrican en plastique rouge.

Ils firent cinquante mètres jusqu'au porche d'un immeuble. Celui qui menait les opérations composa rapidement le code d'accès sur le boîtier électronique de l'entrée. La porte s'ouvrit.

Leur discrétion leur donnait l'allure de fantômes. Attentifs à chacun de leurs gestes, ils s'arrêtèrent un instant dans l'escalier. Le bois craquait sous leurs pieds. Ils repartirent souplement, faisant attention à marcher seulement sur le tapis aux motifs verts.

Lorsqu'ils furent au deuxième étage, le chef posa son oreille droite sur la porte de gauche. Il fit un signe de tête à son compagnon. De sa poche il tira un volumineux trousseau de clefs. Il retint une clef marquée par un ruban violet et la glissa dans la serrure. Au bout de deux tours, la lourde s'ouvrit. Il la poussa et ils se mirent chacun d'un côté du palier, dans l'attente d'une éventuelle réaction.

Il ne se passa rien.

L'immeuble était plongé dans un silence absolu. On entendait juste le bruit d'une horloge. Ils firent un pas en avant et refermèrent la porte derrière eux avec une prudence extrême. L'homme à la gabardine n'avait jamais mis les pieds ici, mais son flair était imparable. Il inspecta rapidement une petite pièce sur la droite et s'avança dans le couloir. L'autre le suivait sans un mot.

La fille était dans la chambre du fond. Ils furent tout suite sur elle. Le chef lui recouvrit la tête avec son oreiller avant qu'elle ait poussé un cri. Il lui donna de violents coups avec une petite matraque en caoutchouc. Les gémissements de sa proie étaient inaudibles. Elle se débattit quelques instants. Puis ses jambes cessèrent de bouger. Elle était presque morte. Son bourreau arrêta de frapper. Il s'essuya le front et rangea son arme.

L'autre ricanait. Il avait enlevé son lourd manteau bleu. Il défit lentement la boucle de son ceinturon, baissa son pantalon et se coucha sur la fille. Le chef ne voulut rien voir. Il se désintéressait de la satisfaction obscène que s'offrait son compagnon. Il n'entendit pas ses grognements confus. Il retourna dans le couloir lorsque l'autre commença à s'agiter sur la fille.

L'appartement comptait trois pièces, toutes encombrées de meubles poussiéreux. Le salon dont les volets n'étaient pas fermés était éclairé par la lumière de la lune. L'homme à la gabardine ferma la porte pour ne pas être vu à travers la fenêtre. Il inspecta la cuisine et l'autre chambre. Il ne cherchait rien et son visage marquait déjà une certaine lassitude. Il regarda un instant une photographie accrochée dans la cuisine et eut un sourire de mépris en reconnaissant un visage. Pour la première fois, ce professionnel qui ne s'était jamais laissé troubler par le moindre sentiment semblait connaître la haine. Il tira brusquement la photo du panneau sur lequel elle était accrochée et la roula en boule avant de la lancer par terre. Il s'impatientait.

L'autre avait fini. Il revint près de son chef et lui dit :

— Tu veux y aller ?…

Le chef se retourna et lui enfonça son poing dans le foie. Il souffla entre ses dents.

— Sale porc !

Il perdait rarement ses moyens. Les gouttes froides qui perlaient sur son front trahissaient une nervosité inhabituelle.

Il regarda son acolyte qui gémissait, effondré sur le carreau de la cuisine. Il le poussa avec le pied pour lui intimer l'ordre de se relever. L'autre pleurait comme un gosse, secoué par des sanglots grotesques. Il lui porta un coup un peu plus fort avec la pointe de sa botte pour essayer de le faire réagir. Il renonça en voyant ce lâche recroquevillé comme un mollusque.

Il le laissa geindre et retourna près de la fille. Elle ne semblait plus respirer. Il posa sa main sur sa poitrine. Elle n'en avait plus pour très longtemps. Il la tira par les cheveux et la jeta au pied du lit. Son corps nu ne lui procura pas un frisson, même s'il fut brièvement pris d'un regret en effleurant sa chair ferme et sa peau douce comme un fruit. Mais le souvenir du plaisir de l'autre lui donna envie de vomir. Il cracha sur sa victime.

Le bidon était resté dans le couloir. Il le rapporta dans la chambre et aspergea le corps de la fille. Une odeur d'essence se répandit dans l'appartement. Elle lui procura une voluptueuse griserie et il se surprit à respirer à pleines narines, comme s'il essayait de se droguer. Puis il referma le bouchon du jerrican et s'assit sur une chaise en osier, à un mètre à peine du corps de la fille.

C'est à ce moment-là qu'il se mit à compter jusqu'à cent. Dans le petit lavabo au fond de la chambre, il entendit des gouttes d'eau qui tombaient en faisant ploc ! et décida de s'accorder à leur rythme. Il restait deux minutes à vivre à sa victime.

Troisième partie

MARIN

Foncez dans le néant, ruez-vous sur les vides, contournez ce qu'il défend, atteignez-le là où il ne vous attend pas.

SUNZI (VIe-Ve siècles av. J.-C.)

XIII

Chaque matin renouvelle le temps. Neubourg aimait commencer la journée avec des idées simples comme celle-là. Il avait besoin de les accompagner de gestes rassurants, celui de tourner une petite cuillère dans une tasse en faïence par exemple.

Il avait commandé un café serré et eut la tripe barbouillée en l'avalant. Vingt minutes auparavant, il avait quitté son hôtel, plongé dans les rues désertes et retrouvé la rumeur fraîche de la ville à peine sortie de l'aube. Après avoir marché, il était entré dans le premier bar qui lui avait plu. Il affectionnait l'ambiance flottante des dimanches matin et leur atmosphère de trêve.

Quelques familiers accrochés au comptoir sirotaient un blanc limé en commentant les chances des partants dans le tiercé de l'après-midi. Neubourg se dit que, s'il s'en sortait, plus jamais il ne voudrait entendre parler de turf. Il jouerait au bonneteau, au loto, aux petits chevaux, mais pour rien au monde aux courses.

Il observa les consommateurs. Il avait toujours considéré que ceux qui se levaient tôt les jours de repos faisaient partie d'une élite secrète. Lorsqu'il était enfant, il partait en forêt se promener avec son père à l'heure où d'autres se couchent. Il n'habitait pas encore à Paris et ne connaissait pas le sentiment d'écrasement qui étreint les citadins au pied d'une tour ou dans un couloir de métro.

La cueillette des champignons était sa grande passion. C'était un mycologue incollable en matière de lactaires, de pleurotes, de coprins, de rosés, de pieds-de-mouton et de coulemelles.

Il aimait le mystère de la forêt au lever du jour, troublé quelquefois par le cri d'un oiseau, le battement d'ailes d'une chouette ou la fuite d'un renard. Son enfance était attachée à ces émotions lumineuses. C'étaient des souvenirs auxquels il ne renonçait pas, accablé par des paysages urbains, trop urbains.

Le jeune homme chassa ces images subitement désagréables et regarda le bistrot qui sifflotait en rangeant des bouteilles. C'était un type d'homme comme on en ferait de moins en moins, rude et débonnaire, grognon et insoumis. Il avait le teint sombre et veillait sur son établissement comme un amiral sur sa flotte. Derrière lui, la radio annonçait que Jalabert n'avait pas réussi à prendre la tête du Tour d'Espagne. Neubourg fut contrarié et décida de quitter l'endroit, agacé par le bruit du percolateur et par l'odeur des croissants. Ses pièces claquèrent sur le zinc, deux cafés, pourboire compris, et il sortit.

Le nez de Neubourg collé au judas cachait le reste de son visage. Marin mit plusieurs secondes à le reconnaître. La figure du jeune homme était sévèrement marquée. Son aîné fut impressionné par ses arcades rougies et ses pommettes enflées. Il lui trouva l'allure chiffonnée et le teint gris. Sans un mot, il le fit entrer.

Ils s'installèrent dans la cuisine. Marin prépara du thé. Neubourg bavarda comme s'il n'avait parlé à personne depuis des mois. Il dévora une quantité impressionnante de tartines grillées en avalant le breuvage bouillant. Il retraça les événements de la veille, n'oubliant aucun détail, en rajoutant quelquefois, n'hésitant pas à forcer le trait pour donner à l'ensemble une teinte tragique qui lui plaisait. Marin demeura silencieux, souvent stupéfait, parfois inquiet. Il ne posa pas de questions, même si l'exposé de Neubourg lui sembla extravagant.

Son visage grave ne trahissait nulle pensée amusée. Il avait sorti un carnet et prenait des notes pendant que le jeune homme parlait. Ceux qui le connaissaient mal se seraient étonnés de cette attention. Ils n'auraient pas compris pourquoi il se privait des bons mots qu'il affectionnait d'habitude. Ils auraient été déroutés par son rictus sévère et par l'éclat froid de son regard.

Marin n'était pas celui qu'ils pensaient. Son rire dur et piquant masquait pourtant mal sa tristesse. Il désespérait de manquer d'événements qui lui auraient permis de se mesurer. Il avait jadis le sentiment d'avoir été vaincu sans s'être battu et demeurait attaché à certains rêves de sa jeunesse.

A la fin, Marin se leva. Neubourg l'examina avec curiosité et essaya de deviner à son expression ce qu'il allait répondre.

Marin lui tourna le dos et alla se coller contre la fenêtre de la cuisine. Il scruta la petite cour de l'immeuble en contrebas, en quête d'une présence ou d'une idée. Marie Toumieux l'avait appelé la veille et avait laissé un nom sur son répondeur : Simon Andréani. En entendant le blase du flic, Marin avait compris le scénario qui se jouait depuis deux jours. Il avait cependant attendu d'en savoir plus pour aller au bout de ses déductions. Maintenant il entravait tout. Il se retourna vers Neubourg.

Le Simon dont avait parlé Martine Musil, le "S" des lettres, le rival de Maranges, c'était le commissaire divisionnaire Simon Andréani, un des flics les plus puissants de Paris. Marin avait suivi sa carrière de l'antigang à la Mondaine ; aucune des rumeurs qui circulaient à propos de ce flic aux mœurs complexes ne lui avait échappé. Depuis quelques mois, on racontait qu'il perdait les pédales, mais il restait intouchable. Maranges était vicelard d'avoir tenté de doubler un cador de cette envergure.

L'énergie de Neubourg semblait émoussée. Il ne protesta pas lorsque Marin lui expliqua que la partie devenait compliquée. Marin reprit ses notes. Les événements prenaient une tournure malsaine. Un homme était mort, un autre avait disparu, les quatre cent mille francs laissés par Maranges et récupérés par les flics étaient à l'origine de cette putain de frénésie guerrière.

Un sourire gourmand traversa le visage de Marin. C'était l'heure de porter l'offensive dans les lignes ennemies. Il n'avait aucune idée de l'endroit par lequel attaquer, mais il se disait qu'il trouverait bien. Il avait lu Sunzi. C'était lui qui avait fait découvrir le maître de sa période prochinoise à Neubourg. Il était exalté par le défi. Marie Tournieux lui avait laissé l'adresse d'un bar que possédait un puissant ami de Martine Musil, rue des Martyrs. Il serait intéressant d'aller se renseigner là-bas. Le but était de harceler Andréani, de le contraindre à l'erreur. Marin doutait que ce baltringue ait tous ses collègues derrière lui.

— Et Kœnig ? demanda Neubourg.

Pour Marin, il n'y avait aucune inquiétude à avoir de ce côté-là. Il s'obstinait à penser du bien de Kœnig et assurait que les deux flics se détestaient. Neubourg sembla à moitié y croire, mais il ne répondit rien. Il pensait surtout à l'expédition qu'ils pourraient organiser rue des Martyrs. A ce moment-là, certains repères s'étaient brouillés dans son esprit. Il était obsédé par l'idée de retrouver Maranges et ne mesurait plus le danger.

Neubourg parla encore à Marin de la pute mystique. Elle l'avait troublé, occupée par Dieu quand lui songeait à sauver Maranges. Il n'avait pas saisi la cohérence de ses sentiments. Marin avait souri. Ce vieux libertin qui haïssait les bondieuseries et jurait avoir réglé une fois pour toutes le problème de l'origine et de la fin, avait du mal à concevoir comment une fille de petite vertu roulant en béhaime pouvait *proprio motu* lancer un débat sur la théodicée.

Il regrettait de l'avoir négligée lorsqu'il l'avait rencontrée chez Angelina. A première vue, cette crevette plutôt chétive lui avait semblé insipide. Il n'avait même pas eu envie de passer un bon quart d'heure avec elle. Et pourtant !… Neubourg avait un don inexplicable pour dénicher des êtres singuliers. Cette pute était irréelle. Marin eut l'impression d'avoir été abusé par une ombre.

Il essaya de revoir son visage, mais il fut incapable de fixer autre chose qu'un contour vaporeux et des traits sans unité. Sa raison chancela, et il jeta à Neubourg un œil curieux, comme s'il cherchait à vérifier que le jeune homme ne se jouait pas de lui. Il vit son regard traqué, son corps épuisé, sa claire détermination de la veille obscurcie par de lourds nuages noirs.

*

Les deux hommes étaient maintenant dans la bibliothèque de Marin. Les livres avaient toujours eu sur eux un pouvoir apaisant. Les plus anciens s'alignaient, serrés les uns contre les autres, en longues processions horizontales, interrompues ici et là par quelque effondrement. Les derniers venus étaient posés à plat.

Certains étaient reliés, en toile, en chagrin, en basane ou en maroquin. Marin aimait les cuirs odorants, leur toucher souple et leurs teintes variées. Le vert était réservé à la philosophie, le bleu aux revues, le rouge aux romans. Un seul livre était relié en noir. C'était une pochade jadis composée par Marin en hommage à son maître Georges Bataille. Il n'était jamais revenu à ce conte métaphysique et policier intitulé *Cantique du crépuscule*.

Le papier cristal qui enveloppait les livres brochés leur donnait un aspect uniforme, petits in-octavo des Cahiers verts, de la NRF et des Editions sociales fondus dans une brume protectrice.

— Une bibliothèque est un royaume qui se mérite, expliquait Marin. On ne doit pas pouvoir en faire le tour d'un coup d'œil.

Il refusait le classement alphabétique de ses volumes, préférant une disposition ésotérique dans laquelle il était impossible de se retrouver sans une longue initiation.

— Je veux, expliquait-il à Neubourg, que les visiteurs soient obligés de s'approcher, de toucher les livres, de les extraire des rayonnages. Une bibliothèque doit provoquer le contact physique. Il faut palper, caresser, humer le papier. Les livres de poche sentent comme les romans de mon enfance, leur odeur me fait entrevoir Oliver Twist, Michel Ardan et Arsène Lupin comme s'ils défilaient devant moi. Je suis transporté sur l'île au trésor, au centre de la terre ou chez les Mohicans… La douceur des vélins me bouleverse comme le souvenir de mes premières émotions amoureuses. Lorsque j'avais treize ans, la littérature était associée dans mon esprit aux grands papiers : Radiguet sur japon impérial, Aragon sur vélin pur fil des papeteries de Navarre, Daumal sur vergé d'Arches, Apollinaire sur alfa. J'empruntais les volumes dans la bibliothèque de mon grand-père, un médecin lettré qui publia plusieurs recueils de poésie. Il fut mon professeur particulier de grec. C'est lui qui me fit lire Proust. Il m'apprit à aimer les livres et me transmit ses idées subversives…

Marin sortit une grosse boîte verte cachée dans le bas d'un meuble. Neubourg vit qu'il s'agissait d'une caisse à munitions datant de la Seconde Guerre mondiale. Il avait toujours été amusé par la dérive militariste des maos. Ce dangereux trésor devait dater de l'époque où Marin se tenait prêt pour le Grand Soir.

Lorsque la caisse fut ouverte, le jeune homme comprit qu'elle contenait des revolvers et des pistolets automatiques de différents calibres et une réserve importante de munitions. Il sourit.

— Bravo ! Je vois que le Grand Timonier peut compter sur toi contre les hommes du Guomindang.

— Je me suis toujours dit que ça pourrait servir, marmonna Marin, stimulé par l'idée de pouvoir enfin employer un armement religieusement conservé depuis un quart de siècle. J'avais pensé aux fascistes… Leur tour viendra !

Il regarda Neubourg.

— Tu as fait l'armée ?

— Sergent-chef dans les chasseurs alpins ! répondit le jeune homme qui, comiquement, s'était presque mis au garde-à-vous.

— Ne fais pas le malin. Tu sais te servir de ça ?

Il tendit un automatique.

— Walther PPK, version 9 millimètres court. Léger, maniable, dissimulable dans un blouson. Le chargeur contient sept balles, le cran de sûreté placé au-dessus du chien indique si une balle est engagée dans la chambre.

— Que veux-tu que j'en fasse ? répondit Neubourg.

— Ce que tu voudras ! On va peut-être pas débarquer rue des Martyrs les mains dans les poches. Moi je prends celui-là.

Il désigna un pistolet au canon luisant.

— Luger P.08. Robuste, fiable, bien équilibré. Une arme de seigneurs, nette et précise.

Neubourg déglutit.

— On va vraiment être obligés de s'en servir ?

— L'avenir nous le dira.

Marin semblait ravi d'avoir trouvé un emploi à sa petite artillerie. Neubourg était blême.

— C'est pas des trucs de ma génération… Je suis un enfant du virtuel… Comment veux-tu que je me serve d'un flingue…

— Tu improviseras !

La caisse d'armes était à nouveau cachée. Les pistolets étaient posés sur une table basse. Neubourg hésitait à prendre celui que Marin lui avait désigné. Il avait l'air de considérer que ce serait renoncer à la vie, peut-être pas à la sienne, mais certainement à celle d'un autre. Choix émouvant : il allait savoir jusqu'où il était prêt à aller pour Maranges. Son bras s'avança, s'attarda, hésita. Marin était parti dans la cuisine. Neubourg était maintenant seul face à l'arme. Rien ne changerait avant qu'il ne se fût décidé.

La vie autour de lui s'arrêta.

Il devait être neuf heures. Au loin, des cloches sonnaient à toute volée. A la fin, leurs marteaux cognaient dans la tête de Neubourg. Son angoisse prit soudain une densité poisseuse. Que faire ? Il avançait comme un funambule sur un fil tendu au-dessus d'un précipice. A la moitié du chemin, il était aussi périlleux de faire demi-tour que d'aller jusqu'au bout. L'hésitation était en train de le pétrifier. Il sentait tout son corps se durcir.

Il avait tiré au PM au cours de son service militaire. Ce n'était pas le maniement de l'arme qui l'effrayait. Il avait simplement du mal à s'imaginer dans une rue de Paris avec un calibre sur lui. L'image du nain charcuté qui revenait dans ses pensées comme le motif d'une toccata morbide finit par le convaincre. Les types d'en face étaient manifestement des dingues. Il était trop tard pour renoncer. Le duel s'imposait.

Neubourg s'avança et saisit l'automatique. Ce mouvement, presque exécuté au ralenti, semblait tout droit sorti d'une série B de Hong Kong. Le pistolet était lourd et froid dans la main du jeune homme. En le soupesant, il eut l'impression de tenir entre ses doigts un animal inquiétant. Il le glissa dans son dos entre sa chemise et son pantalon. Marin s'arrêta derrière lui.

— Alors cow-boy ? Prêt à faire un carton ?

Le visage de Neubourg avait pris une teinte transparente. Les bleus qui le parsemaient atténuaient à peine cette terrifiante pâleur. Marin s'inquiéta.

— Tu n'as pas assez dormi. Il va falloir tourner aux amphètes.

Le jeune homme ne voulut même pas considérer ces propos comme une facétie. Il ne plaisantait plus.

— Trouve-moi plutôt du cognac !

Son ami, terrifié par son intonation, passa dans la pièce voisine où il fouilla nerveusement dans un placard. Il revint avec un flacon dans la main, faussement goguenard.

— Delamain vesper, ça t'ira comme médication ?

Marin déboucha la bouteille et but au goulot.

— Voici l'ordalie ! Les dieux soient avec nous ! s'écria-t-il.

*

Mao aurait voulu que la vie ressemble toujours à une longue matinée de printemps. Le soleil dont les rayons s'étaient glissés entre les rideaux de sa chambre l'avait mise de bonne humeur. Enroulée dans ses draps, elle se laissait caresser par la lumière tiède en savourant le plaisir de n'avoir rien à faire.

Elle aurait pu lire, mais cela faisait trop longtemps qu'elle n'avait pas trouvé un bon roman. Elle ne tenterait pas de nouvelle expérience avant l'hiver. A la plage, en juillet, elle se contenterait de magazines, frais, légers, insipides et jamais décevants.

La jeune femme avait coupé son téléphone et se réjouissait à l'idée de passer son dimanche absolument seule. La veille, elle avait dîné avec un ami d'enfance dans un restaurant de poissons où elle avait mangé un bar grillé et bu un très bon pouilly fumé. La conversation avait été agréable quoique superficielle. Après le dîner, elle s'était promenée le long de la Seine mais le bruit de la ville autour d'elle lui avait rappelé qu'elle détestait le samedi soir.

C'est en essayant de s'endormir que Mao avait repensé à Neubourg. Elle s'était souvenue de ses reproches au téléphone… Comment peux-tu être perfide à ce point ?… Tu es inconsciente… Trahison… Tu m'as trahi !… Je n'arrive pas à le croire…

Le malheureux abusait des grands mots. Les policiers n'inquiètent que ceux qui n'ont pas la conscience tranquille. Elle entendait encore la voix de son ami au téléphone quand cet imbécile lui avait demandé si elle croyait en Dieu. Quelle question ! Il savait bien que non. Elle détestait toutes les religions. Le bouddhisme échappait à ses sarcasmes, peut-être parce que c'était une philosophie qui ne véhiculait pas une culpabilisation permanente. Elle ne supportait pas les histoires de mystère, de péché, d'enfer, de rédemption et de grâce. Elle se mettait en colère lorsque Neubourg essayait de l'endoctriner.

Mao fredonnait maintenant une chanson de Nino Ferrer… Où est donc passé ce chien, je le cherche partout, où est donc passé ce chien, il va me rendre fou… Elle adorait passer la journée avec une mélodie familière. Elle avait pris une douche et s'était habillée. Elle aurait pu aller courir, mais elle s'était sentie lasse. Un engourdissement étrange l'enveloppait. Pourquoi pensait-elle tout le temps à Neubourg ? Elle était énervée à l'idée que ce gros garçon romanesque pût, à distance, lui gâcher sa journée.

La lecture de l'étiquette d'une bouteille de Badoit composa un intermède littéraire ; la poésie clandestine des produits de grande consommation est la seule qui soit toujours certaine. Neubourg assurait qu'un jour prochain, les emballages seraient les derniers endroits où l'on pourrait encore explorer le langage.

La jeune femme en eut assez de toujours penser à Neubourg. Elle désirait quitter son appartement, comme si l'esprit de son ami hantait chaque objet. Mais sa volonté s'était ramollie. Elle n'eut pas le courage de se lever. Un rire nerveux la secoua. Pourquoi se tracasser ? Elle avait joué à Neubourg un tour plutôt drôle. Il le comprendrait lorsqu'il irait récupérer son cartable. Il était assez grand pour s'expliquer tout seul avec les policiers.

Et puis le commissaire qui lui avait rendu visite lui avait paru plutôt beau gosse. Elle n'avait pas eu envie de lui mentir. Comment résister à un policier ? Neubourg était libre de jouer les rebelles, il ne pouvait pas l'obliger à le suivre.

Mao ne comprenait rien à ces histoires de chantage et de cartable. Elle n'avait même pas cherché à deviner ce que son ami avait bien pu inventer pour avoir la justice à ses trousses. Elle s'en moquait. Sa bonne humeur était revenue. Une énergie aérienne la porta sans qu'elle s'en rendît compte au milieu de la pièce. Elle riait toujours et exécuta quelques pas de danse. Elle ressemblait à un sorcier chassant quelque esprit malfaisant.

Le visage de Neubourg s'effaça lentement. L'hilarité de Mao était maintenant complète. Elle faisait des bonds en poussant des hurlements. Un observateur étranger aurait tenu sa fièvre soudaine pour un accès de folie. Il n'aurait pas vu qu'elle défiait un souvenir. Le combat dura quelques minutes encore. A la fin, Mao avait transformé ses remords en fureur vengeresse. Elle tomba assise sur le canapé. Elle avait vaincu Neubourg.

XIV

La voiture était garée boulevard de Rochechouart. A l'intérieur, Marin et Neubourg essayaient de se mettre d'accord sur un programme d'action. La superbe du jeune homme semblait diluée. Il avait du mal à s'habituer à la présence du pistolet sous le blouson qu'il avait emprunté à Marin avec des habits propres. Son aîné débordait d'enthousiasme. On le sentait volontaire, résolu, intrépide, prêt à en découdre avec la terre entière.

Un étonnant mouvement de vases communicants avait fait prendre à Neubourg vingt-cinq ans que Marin semblait avoir perdus. Tout comme l'énergie, l'enthousiasme et l'audace, la mesure, la sagesse et la circonspection avaient changé de camp. Neubourg n'arrivait plus à dompter le zèle de son ami.

A nouveau, Marin faisait le récit de ses campagnes. Il raconta une nouvelle fois l'attaque d'un meeting d'extrême droite au palais des Sports en 1971. On assurait à l'époque que les fafs avaient mis un fusil-mitrailleur en batterie sur le toit et qu'ils s'en seraient servi si les assaillants avaient vraiment été menaçants. Marin reconstitua la soirée à grand renfort de gestes.

Il évoqua la distribution des frondes et des pieds-de-biche, l'organisation militaire des gauchistes, leurs rêves d'armée populaire, leur jeunesse ivre de poésie, de fanatisme et de violence.

Ils avaient vingt-cinq ans. Les vers de Mallarmé et les aphorismes du Grand Timonier étaient leur pain quotidien. Leur vie, c'était la révolution, les discussions sur la Chine, la littérature et les filles. Ils s'étaient juré d'inventer une pratique de la lutte sociale au jour le jour pour entraîner le soulèvement des masses.

Neubourg jugeait que cet activisme avait été le feu d'artifice qui avait fermé l'Histoire. Ceux qui l'avaient tiré étaient ceux qui veillaient à ce qu'il fût le dernier. Ils empêchaient les générations nouvelles d'avoir l'insolence de refaire le monde.

Changer la vie ! qu'ils promettaient. Et ils transformèrent le monde en supermarché planétaire. L'art est dans la rue ! qu'il assuraient. Et la seule imagination qui prît jamais le pouvoir fut celle des publicitaires. Ne travaillez jamais ! qu'ils demandaient. Et ils consolidèrent l'ordre capitaliste en faisant table rase du passé. Jouir sans entraves ! qu'ils répétaient. Et ils devinrent les agents secrets de la marchandise.

— Ce que le capital veut, ironisait Neubourg pour faire désespérer son aîné, le gauchisme le peut !

Marin le savait trop bien. C'était pour se débarrasser de sa peine qu'il convoquait les images du passé. C'était pour se consoler qu'il entretenait une nostalgie de demi-solde.

Pendant que Marin parlait, les deux hommes avaient oublié que leur but était de retrouver Maranges. Ils étaient dans un autre monde. Marin n'était plus lui-même. Depuis qu'il s'était arrêté, il avait allumé un demi-paquet de cigarettes. La fumée avait empli l'intérieur de la voiture en grosses volutes bleues.

— Es-tu certain, lui demanda Neubourg, que ton expérience de guérilla politique dans le Paris des années soixante-dix soit transposable à notre affaire ?

— Mais oui ! s'exclama Marin.

Et il repartit de plus belle, reconstituant étape par étape l'assaut d'une réunion d'Ordre nouveau à la Mutualité le 21 juin 1973. Neubourg avait déjà entendu cent fois le récit de cet épisode, les militants venus de nulle part affluant par milliers rue des Ecoles, la rumeur emplissant le boulevard Saint-Germain, la ville grondant avant l'orage. Marin lui avait souvent décrit les nazillons terrorisés avalant les couplets de leurs chants martiaux.

Neubourg s'étonna du rôle que son ami attribuait aux maoïstes dans l'affaire. Il avait toujours cru que l'opération avait été menée par les trotskistes. Il s'en tenait à la version des événements donnée par *Mourir à trente ans*, le film qui avait enivré son adolescence. Au lycée, quand ses acolytes s'échangeaient des cassettes douteuses avec des sourires entendus, une poignée de garçons à l'air sombre dont il faisait partie, commentaient cette épopée révolutionnaire à voix basse. Neubourg connaissait aussi bien que l'alphabet cette évocation de la vie de Michel Récanati, meneur trotskiste qui se suicida pour n'avoir pas à finir au Sénat comme quelques-uns de ses copains. Il savait par cœur la litanie guerrière qui accompagne les images de l'assaut de juin 1973… "Oui ! c'était vrai, nous étions organisés en commandos. Oui ! c'était vrai nous avions une tactique bien précise. Oui ! c'était vrai, on voulait atteindre la Mutualité. Oui ! c'était vrai nous avions tout organisé pour réussir…" A force de se repasser les scènes d'affrontements, Neubourg avait réussi à user sa cassette vidéo.

— Ce sont quand même les trotskards qui ont organisé cette contre-manifestation ? demanda-t-il, faussement candide.

— Récupération ! hurla Marin. Aux lycées Voltaire, Buffon, Charlemagne, Condorcet, Jacques-Decour, Balzac, Montaigne et Turgot, c'est nous qui sommes passés avec des mégaphones dans la matinée pour ameuter tout ce que Paris comptait d'émeutiers potentiels… Les salles de permanence avaient été réquisitionnées et transformées en ateliers de confection de cocktails Molotov… Les jours précédents, des groupes de militants s'étaient introduits dans des baraques de chantier où ils avaient dérobé des centaines de casques… Il fallait armer les masses du désir de s'armer !

Il s'arrêta, soudain rêveur.

— Ah ! le joli printemps 1973 ! Tu te rends compte, Neubourg ? Tu avais tout juste deux ans… Tu carburais encore à la Blédina et j'appartenais à l'avant-garde du prolétariat… La grève chez Lip nous avait dopés… Cette contre-manifestation à la Mutualité n'était pour nous qu'une répétition générale du Grand Soir…

— Ou un recommencement des vieilles révoltes qui rythmaient les siècles autrefois, constata Neubourg qui avait fini par prendre cette bouffée de nostalgie au sérieux. La rivalité des maos et des trotskos prolonge celle des Armagnacs et des Bourguignons, des ligueurs et des huguenots, des jésuites et des jansénistes, des jacobins et des girondins… Elle appartient à un temps où l'aventure était encore possible, à une époque où il était encore permis d'inventer des jeux nouveaux… Pourquoi n'avoir jamais fait un roman avec ces souvenirs héroïques ?

— C'est toi qui écriras ce roman… Je n'arrive pas à remuer les images du passé… J'ai bien essayé de mettre en forme mes notes… La littérature est impuissante lorsque les émotions qu'on assigne sont la part de la mort… Dès que je commence à écrire, je revois des garçons qui ont disparu… Je pense à des types comme le Furieux, un des plus grands cogneurs du Secours rouge… A la Mutu en 1973, il chargeait en tête, armé d'un pied-de-biche et coiffé d'un casque trop petit pour son crâne énorme… Des garçons comme lui tenaient trente CRS en respect…

Marin fit une pause et tira sur sa cigarette avant de poursuivre.

— Par la suite, le Furieux a voyagé en Amérique du Sud, en Afrique et en Asie… Il n'a jamais voulu décrocher… On a raconté qu'il a fait un peu de guérilla, plastiqué quelques trains, détourné un ou deux avions, participé à des coups d'Etat… Je l'ai revu une fois à Paris au début des années quatre-vingt, à l'enterrement d'un copain… Il avait grossi… Plus tard, j'ai appris qu'il s'était jeté sous un train, en 1985 ou 1986, je ne sais plus très bien…

— Marin ?

— Oui ?

— Si on en finissait avec le passé ?

— Si on était dans un roman, je te répondrais qu'on n'en finit jamais avec le passé… Je ne serais pas ici si je n'avais pas vécu toutes ces déconvenues… Tu connais cette phrase où Shakespeare dit que nous sommes tissés de l'étoffe dont sont faits les rêves ? Aujourd'hui, je remets l'ouvrage sur le métier !

*

Marin marchait en tête. Bien plus que Neubourg, qui fit preuve en la circonstance d'une surprenante modération, il était en plein film noir. On le voyait à sa démarche chaloupée, à l'air méchant qu'il s'était composé et à quelques autres détails.

Ils arrivèrent au Courlis, rue des Martyrs. Le taulier était un certain M. Jean-Yves. La Marquise avait expliqué à Marin qu'il était lié à Alix. Ce n'était pas à proprement parler son souteneur : plutôt un de ses puissants protecteurs. Il possédait une boîte à Pigalle, une pizzeria à Belleville et un troquet à Alésia, sans compter ses parts dans des affaires sur la Côte. Selon la Marquise, il n'avait jamais été en très bons termes avec Maranges. Il pouvait être pour quelque chose dans sa disparition.

Le Courlis était un petit bar sans fenêtres à la devanture rouge vif. La porte était ouverte, Marin et Neubourg entrèrent.

Un certain désordre dans les chaises et les bouteilles leur fit comprendre qu'ils n'étaient pas les premiers visiteurs de la journée. L'alcool coulait encore le long du comptoir et se perdait dans l'épaisse moquette en nappes souterraines.

Un bruit étrange se fit entendre. Dans un amas de chaises, Neubourg découvrit un homme à moitié mort. Il fit un signe à Marin qui posa la main sur la crosse de son automatique. Aucune lampe n'était allumée et ils eurent du mal à voir ce qui se passait. La lumière de la rue n'éclairait que partiellement le bar.

— Ne tirez pas ! fit l'inconnu qui avait vu le Luger dans le poing nerveux de Marin. Ne tirez surtout pas !

Il finit de ramper entre les chaises et fit encore quelques mètres à quatre pattes. On voyait maintenant ses yeux. Il avait le visage tuméfié. Ses joues portaient de longues balafres. Le sang formait sur sa tête un casque poisseux.

Marin émit un long sifflement.

— Tu vois, Neubourg, ça n'arrive pas qu'à toi…

L'autre s'avança encore.

— Qui êtes-vous ? demanda-t-il, complètement hagard.

— Des amis, lança Marin.

— Des amis de qui ?

— D'Alix.

L'homme essaya de se relever. Il s'effondra. Neubourg s'approcha de lui pour l'aider à se mettre debout. En le prenant sous les épaules, il vérifia s'il était enfouraillé. La crosse d'un automatique qu'il palpa à travers la veste de l'inconnu lui fit comprendre qu'il avait été bien inspiré.

— Laissez, fit l'autre, ils m'ont déjà pris mon chargeur.

Il tira de son holster un pistolet qu'il lança par terre. Neubourg regarda l'inconnu plus attentivement. C'était un homme d'une quarantaine d'années, vêtu d'un pantalon et d'un polo noirs. Il portait aux pieds une paire de santiags marrons. Habituellement, il devait être solidement planté sur ses deux jambes. En la circonstance, il était dans un sale état.

— On boit une mousse ? demanda Marin qui s'était installé derrière le bar.

— Ça pourra pas me faire de mal…

Quelques verres avaient échappé à la furie méthodique des démolisseurs. Marin fit fonctionner la tireuse.

Neubourg avait trouvé une chaise à peu près intacte. L'autre se laissa tomber dessus.

— Cigarette ? lui proposa Marin qui avait fini de verser les bières.

— Si vous voulez.

Marin lui tendit son paquet de Peter rouges. L'homme prit une cigarette. Après l'avoir allumée au briquet de Marin, il inspira longuement la fumée et finit par dire :

— Vous venez pour quoi ?

— Nous aimerions rencontrer M. Jean-Yves, répondit Marin. C'est lui le patron ?

— C'est bien lui... Mais je crois que c'est pas vraiment dans son intérêt de se montrer par les temps qui courent...

— Intérêt ?

— Les deux mabouls qui sont venus se tailler des escalopes sur mon visage cherchaient le taulier... Ils n'ont pas voulu me croire quand je leur ai dit que je ne savais pas où il était... Alors ils se sont énervés...

— Qu'est-ce qu'ils lui voulaient, à M. Jean Yves ?

— J'en sais rien... Vous en avez après lui ?

— Non... On s'intéresse plutôt à Alix...

— Celle-là, alors, je veux plus en entendre parler...

— Qu'est-ce qu'elle vous a fait ?

— C'est elle qui m'a envoyé les deux dingues de tout à l'heure... Elle leur avait dit que j'étais au courant d'une histoire d'oseille avec le patron...

Il but sa bière d'une traite et laissa tomber son verre sur la moquette imbibée d'alcool.

— Y'en a pour dix plaques de dégâts, déplora-t-il.

— Vous voulez qu'on prévienne quelqu'un ?

— Laissez tomber.

— Et M. Jean-Yves ?

— Il comprendra.

Le sang avait séché sur les plaies de l'inconnu. Il dévisagea drôlement Marin.

— Vous m'avez l'air de faire une curieuse paire de michetons tous les deux. Vous seriez pas un peu de la police ?

— Rassurez-vous ! On est juste là pour retrouver un ami… Maranges… Vous le connaissez peut-être ?

— Plutôt que je le connais… Vous êtes vraiment des amis ?

— Puisqu'on vous le dit !

— Je l'ai vu ici quelquefois… Il m'a refilé des bons tuyaux… Depuis quelque temps, il est plutôt tricard dans le quartier… Pour le reste, moins j'en sais, mieux je me porte…

Il marqua encore une pause et inspira profondément. Marin vit qu'il avait des difficultés à respirer.

— Les deux zigotos de tout à l'heure lui en voulaient… Ils ont dit qu'ils allaient le tuer s'ils ne retrouvaient pas l'argent.

— Qui sont ces types ?

— Si je le savais…

— Ils ressemblaient à quoi ?

— Il y en avait un avec des cheveux longs et un manteau en cuir… L'autre était maigre, avec une sale gueule de fouine.

— Des flics ?

— Certainement pas ! Ou alors les roussins ont ouvert un concours parallèle.

L'air aigre créait une étrange ambiance dans le bar. Marin menait seul l'entretien. Neubourg, qui était resté silencieux, se tenait debout près de la porte et surveillait ce qui se passait dans la rue. Marin poursuivit.

— Le commissaire Andréani, ça vous dit quelque chose ?

— Tout le monde le connaît…

— Et alors ?

— Une ordure…

La conversation piétinait. Marin tenta une dernière fois sa chance.

— Vous n'avez vraiment aucune idée de l'identité des types qui vous ont cogné ? Pas le moindre soupçon ?…

L'autre haussa les épaules pour manifester son ignorance.

— Vous n'allez quand même pas couvrir ces salopards ?

— Et vous ? Qui êtes-vous ?

— Peu importe… On veut retrouver Maranges !

— Ils le tiennent… Mais je n'en sais pas plus… Dépêchez-vous de le sortir de leurs sales pattes, ils sont malades !

*

Les polyphonies aériennes du *Concerto pour piano et orchestre en ré majeur* BWV 1054 de Jean-Sébastien Bach couvraient presque le bruit de la voiture. Neubourg tourna le bouton de l'autoradio et on n'entendit plus qu'un Steinway cristallin serré au plus près par un orchestre rangé comme à la parade.

— Aucun de tes instruments d'époque ne remplacera jamais le piano d'orgueil d'un Glenn Gould, lança Marin. Tu n'y feras rien, le clavecin m'emmerde !

La voiture descendait le boulevard de Magenta vers la Seine. Curieusement, les deux hommes ne désespéraient pas de l'absence d'indices pour continuer leurs recherches.

Marin goûtait la tristesse qui émane de l'*Adagio* du concerto, accablement noir effacé par un *Allegro* étincelant.

— C'est ce rendu que j'aurais voulu obtenir si je m'étais lancé dans le roman dont tu me parlais... Mes modèles en littérature furent toujours des musiciens... Seuls m'intéressaient un entremêlement des voix semblable à celui de Bach, le soyeux mélancolique des partitions de Louis Armstrong ou la lumière jaune et serrée que produit la musique orientale... Ça m'a paru hors de portée... Si je m'étais pris pour Balzac, Pierre Benoit ou Chandler, le plagiat aurait encore été possible... Mais là ?...

Neubourg n'écoutait plus. Non qu'il méprisât les propos de son ami, mais il était depuis quelques minutes inquiet à l'idée d'être suivi. Il avait descendu le pare-soleil et essayait de déceler une filature. La voiture avait tourné rue du Faubourg-Saint-Martin et l'importance du trafic rendait son travail difficile.

C'est aux camionnettes qu'il s'intéressait le plus attentivement. Un étrange préjugé lui laissait penser qu'elles étaient le véhicule de prédilection des individus dangereux. Aucune camionnette ne paraissait cependant être à leurs trousses lorsqu'ils atteignirent la rue de Turbigo. Neubourg se dit qu'il en faisait décidément un peu trop lorsqu'il remarqua au carrefour une grosse berline. Il lui sembla qu'elle était déjà derrière eux boulevard de Magenta.

— Accélère ! lança-t-il à Marin. On est suivis !

— Par qui ?

— Deux pékins dans une bagnole noire ! Je ne suis sûr de rien… Mais on va vite s'en rendre compte !

Marin fit jouer la pédale d'embrayage et passa en quatrième. Il tourna rue Etienne-Marcel et lança sa voiture comme une bombe vers la place des Victoires.

— Tu ne t'étais pas trompé, ils nous suivent… Tu veux pas essayer de voir la gueule de ces types ?

La voiture des poursuivants roulait cinquante mètres derrière et Neubourg se retourna pendant que Marin passait au croisement avec la rue du Louvre.

— Cheveux longs et gueule de fouine, ça te dit rien ?…

— Les déménageurs du Courlis ! Relève le numéro de la plaque et on prend le large !

— C'est fait ! lança Neubourg qui avait noté l'immatriculation sur un petit bout de papier qu'il rangea dans sa poche.

Marin, qui n'avait pas encore trouvé d'emploi à son Luger, était heureux comme un gosse de cette poursuite improvisée dans les rues de Paris.

Neubourg vit sa jubilation. L'exaltation de son ami ne l'empêchait pas de réaliser des prouesses. Marin zigzaguait entre les voitures avec une adresse extraordinaire, ignorait superbement les feux et anticipait de manière inspirée.

— On va où ? demanda Neubourg.

— On continue tout droit ! Si je prends l'avenue de l'Opéra, ils vont réussir à nous retrouver !

Le feu était rouge au croisement et Marin fit preuve d'une incroyable audace pour rejoindre la rue Casanova. Derrière, cheveux longs et gueule de fouine eurent quelques difficultés. Marin continua rue des Capucines et rue Caumartin. Il ne vit plus rien dans son rétroviseur et lança un long cri de victoire.

— Yaoooouh !

La voiture tourna encore dans deux petites rues et disparut à la hauteur de la gare Saint-Lazare.

XV

Le commissaire divisionnaire Kœnig s'était réveillé de mauvaise humeur. Un méchant pressentiment l'avait empêché de dormir une bonne partie de la nuit. Il n'avait cessé de se retourner dans son lit à la recherche d'un coin de drap frais. Vers quatre heures, il s'était levé pour prendre une douche froide. Puis il avait vidé une bouteille d'eau minérale oubliée dans un coin de son réfrigérateur et avait trouvé le sommeil après s'être recouché.

Il réalisait maintenant qu'il s'était endormi au moment où Marie Toumieux avait péri carbonisée dans son trois-pièces du boulevard Exelmans. Les voisins avaient appelé les secours à quatre heures trente. Pim, Pam, Poum s'étaient rendus sur place dès qu'ils avaient été prévenus. L'incendie mystérieux n'avait pas eu le temps de se propager hors de l'appartement et les pompiers avaient pu le maîtriser rapidement. Mais lorsqu'ils avaient retrouvé le corps de la prostituée au milieu des décombres et des flaques d'eau, il ne formait déjà plus qu'un amas calciné.

Le lieutenant Arzel avait appelé le commissaire Kœnig à cinq heures trente. Ce dernier était sur les lieux du sinistre à six heures. Cette mort violente avait peu de chances d'être une immolation volontaire. Il ne pouvait pas perdre de temps.

Selon les équipes de la police technique venues réaliser les premiers prélèvements, l'état du cadavre révélait qu'il avait été arrosé d'un liquide inflammable. Le résultat des analyses permettrait de savoir dans quelles conditions exactes Marie Toumieux était morte. Mais Kœnig n'avait pas l'intention d'attendre. Une course s'était engagée. Quelques intuitions se confirmaient et il ne voulait pas être pris de vitesse.

Un voisin assurait avoir croisé deux hommes à la porte de l'immeuble entre quatre et cinq heures. Leur allure interlope l'avait frappé. Le manteau noir et le chapeau aux larges bords du plus grand lui avaient fait penser à un personnage de Sergio Leone. Dans son souvenir, il avait la peau vérolée. L'autre était plus gros. Il avait les cheveux longs et portait une canadienne marron. Légèrement tendus, ils étaient montés dans une berline noire de marque anglaise et étaient partis très vite.

C'était tout ce dont le voisin se souvenait, et les policiers ne trouvèrent pas d'autres témoins. Kœnig était furieux de ne pas avoir fait surveiller l'appartement de Marie Toumieux. Les liens de la pute avec Maranges l'avaient incité à mettre deux lieutenants en planque à proximité de son studio de la rue de Mogador. Il avait ainsi découvert que Neubourg lui avait rendu visite. Mais il n'avait pas senti la nécessité d'élargir le dispositif à son logement boulevard Exelmans. Maintenant, il était trop tard.

Il appela Arzel. Pour une fois, Pim, Pam, Poum avaient fait du bon travail. Ils avaient été rapides, inspirés, habiles et inventifs. Ils avaient relevé les quelques éléments matériels soustraits au feu et interrogé avec flair le seul témoin intéressant.

— Qu'avez-vous trouvé ? demanda Kœnig à Arzel.

Le commissaire divisionnaire s'était installé dans un petit troquet situé en face de l'immeuble de la prostituée et avait commandé un grand crème et un pain aux raisins.

Arzel lui dit que presque rien, dans l'appartement, n'avait été épargné par les flammes. Seule la cuisine avait échappé à l'incendie. Il l'avait minutieusement inspectée, mais elle ne renfermait que des produits alimentaires. Il avait vérifié. Les paquets de pâtes ne contenaient pas d'or et la farine n'avait pas été remplacée par de la cocaïne.

— Ché tout ? lui demanda Kœnig la bouche pleine.

Non, ce n'était pas tout. Près de la poubelle, Arzel avait trouvé une photographie roulée en boule. Il n'avait pas eu de mal à identifier Maranges et la Marquise au bras l'un de l'autre. Derrière eux, il avait reconnu l'hippodrome de Longchamp. Il avait confié la photo à ses collègues de la police scientifique en leur demandant de relever les empreintes digitales.

— Je vais retourner au commissariat, lui dit Kœnig lorsqu'il eut achevé ses explications. Rejoignez-moi lorsque vous aurez fini.

*

Arzel connaissait son supérieur depuis plusieurs années. Sa soudaine indolence l'étonnait. D'habitude, il aurait mis un point d'honneur à procéder lui-même à toutes les investigations. Il aurait retourné les décombres, fouillé tout ce qui était susceptible de l'être, interrogé chacun des habitants de l'immeuble.

La veille, déjà, Arzel avait été troublé par l'attitude de Kœnig. Le commissaire était rentré se coucher sans en avoir fini avec sa chasse au trésor. Ce détachement lui ressemblait peu.

Lorsque les deux hommes s'étaient rendus chez Mao, Kœnig avait rapidement évoqué la situation de concurrence dans laquelle il se trouvait placé vis-à-vis du commissaire divisionnaire Andréani. Il avait parlé de consignes de discrétion émanant du directeur de la police judiciaire à la Préfecture. Officiellement, Kœnig était chargé de remettre la main sur huit cent mille francs en liquide dérobés à Andréani au cours des investigations menées par celui-ci pour démanteler un important réseau de prostitution parisien.

A voir l'embarras de Kœnig, Arzel s'était dit que la situation était plus compliquée. Il connaissait mal Andréani. On le disait violent, cruel et emporté. Ses collègues de la brigade de répression du proxénétisme n'étaient pas très bavards sur ses agissements, mais son nom avait été évoqué à plusieurs reprises dans des affaires où il avait été question d'enveloppes échangées entre des patrons de boîtes de nuit et des responsables de la PJ.

Selon certains bruits, des types du 36, quai des Orfèvres avaient passé des accords avec des proxénètes pour monnayer leur discrétion. Le juge d'instruction n'avait rien pu prouver, mais certaines rumeurs n'avaient cessé de gonfler. Au ministère de l'Intérieur, un haut fonctionnaire s'était d'ailleurs étonné à plusieurs reprises de voir que les hôtels et les boîtes dont le juge avait ordonné la fermeture continuaient leur activité.

Le silence, chez le commissaire Kœnig, n'était jamais un signe de sérénité. Son mutisme dissimulait mal ses pensées agitées. Il détestait Andréani. Jamais Arzel ne lui avait arraché le moindre jugement sur son collègue, mais il lisait son antipathie dans le flottement inhabituel de sa volonté. Le lieutenant songea à la dimension sacrificielle que son patron attribuait à sa mission. Les idéalistes sont des proies faciles. Il craignait que le ministère l'ait mis sur cette affaire pour l'obliger à servir de caution. Andréani avait des appuis. La direction de la police judiciaire ne pouvait pas le lâcher subitement. En même temps, Arzel savait que si Kœnig entrait en campagne, rien ne pourrait l'arrêter. Les tacticiens minables qui croyaient l'occuper avec un os à ronger se trompaient. Les histoires de corruption le rendaient violent. Si les digues de sa colère rompaient, il serait impitoyable.

*

Il faisait toujours aussi chaud. Le commissaire Kœnig se demandait s'il arriverait à renouveler l'air dans son bureau. Il avait ouvert les fenêtres et avait fait tourner son ventilateur à pleins tubes. Cette saloperie d'appareil avait fondu sur place.

Autant dire que son humeur était de plus en plus mauvaise. Son intuition de la nuit n'avait cessé de le poursuivre. Il avait voulu penser à autre chose et avait fait un peu de gringue à la stagiaire de l'Ecole de police dans le bureau voisin du sien. Elle avait le buste agressif à souhait et cultivait une naïveté qui laissait penser à Kœnig qu'il devrait prendre le temps de l'inviter à dîner. Pour Célia, c'était plutôt fin'op's comme disent les pandores.

Il en revint à l'intuition qui le taraudait. Cette fois-ci Andréani avait vraiment déconné. La pute cramée de cette nuit était une des filles dont il suivait le dossier. Kœnig n'avait pas osé pousser les recoupements au sujet des deux suspects entrevus à la porte de l'immeuble. Mais en entendant leur description, il avait cru reconnaître deux contacts d'Andréani dans le mitan parisien.

Kœnig s'en ouvrit sans détours au lieutenant Arzel lorsque celui-ci arriva au commissariat.

— Un grand à la peau vérolée et un petit gros aux cheveux longs, ça vous a fait penser à personne ?

— Montagny et Bouzeron ?

— Vous êtes aussi perspicace que moi, fit le commissaire. Mais j'aimerais qu'on se soit trompés… Vous avez fait activer le labo pour les empreintes ?

— Ils m'ont dit que ça n'avait rien donné.

— Ils n'ont pas retrouvé trace de l'argent dans les décombres ?

— Apparemment rien de ce côté-là.

Le commissaire se leva.

— Cette histoire m'emmerde ! Elle a assez traîné.

Il traversa le bureau et alla s'accouder au montant de la fenêtre.

— Le ciel est magnifique, le soleil beau comme une galette... Qu'on en finisse !

Arzel n'avait pas bougé. Kœnig se retourna.

— Trouvez-moi l'adresse habituelle du sinistre Montagny et de son compère Bouzeron... Et puisque je n'ai pas eu le temps d'interroger Marie Toumieux, on va poser quelques questions à Martine Musil, une fille de la rue Blondel qui a été la maîtresse de Maranges... Elle nous dira peut-être ce que l'autre ne peut plus nous raconter...

Arzel était déjà dans le couloir.

— Pendant que vous y êtes, remontez-moi quelque chose à boire !

Il était midi. Le lieutenant Arzel avait quitté le bureau de Kœnig depuis plus de deux heures. Le commissaire trouva qu'il était long. Il avait toujours aussi soif et commençait à avoir faim.

Kœnig dissipait son agacement en se racontant des histoires drôles. Il se répétait les mêmes depuis des années, mais elles continuaient à le faire rire. Ses collègues le surprenaient parfois en train de refouler une inexplicable hilarité, et personne ne comprenait sa gaieté, ce qui l'amusait doublement.

Le commissaire laissa les histoires drôles. Si l'argent n'était pas retrouvé, il rédigerait une note à l'intention du ministère pour expliquer que l'autre moitié du pactole confié à Andréani pour son enquête était partie en fumée avec Marie Toumieux. Tant pis pour la Banque de France ! Ses coffres ne récupéreraient que quatre cent mille francs et le pays ne s'en porterait pas plus mal...

Kœnig était en train d'imaginer de quelle manière il tournerait son rapport quand Arzel réapparut. Le commissaire, que la fatigue rendait méchant, lui trouva une figure ahurie. Il en revint à des sentiments plus amicaux en voyant que son subordonné avait pensé à lui apporter un Perrier et un sandwich.

— Où en êtes-vous ? demanda Kœnig en ouvrant sa canette.

— J'ai fait sortir les dossiers de Montagny et Bouzeron. Ils baignent dans une eau sale où se mélangent des histoires de courses truquées, de trafic de drogue et de prostitution. Montagny a fait cinq ans à Fleury-Mérogis pour une attaque à main armée. Il est sorti plus tôt que prévu, mais avait déjà collectionné assez d'exploits au bout de quatre semaines de liberté pour retourner au trou sans passer par la case départ...

Arzel regarda Kœnig. Le commissaire avait fini son Perrier. Il broya la canette en aluminium et la lança en direction de la corbeille à papier. A l'autre bout de la pièce, le projectile cogna contre le mur avant d'aller rouler sous une armoire. Arzel, diplomate, fit comme s'il n'avait rien vu. Il poursuivit :

— Le commissaire Andréani n'a pas de mal à s'assurer les services de balance de Montagny... Le bonhomme n'a pas envie de retourner en cabane et sait qu'on possède assez d'informations sur lui pour le faire tomber du jour au lendemain...

— Il fait quoi officiellement ?

— Rien de très précis... A un moment, il a été question d'un bar qu'il tenait derrière la Madeleine... Depuis, il bricole...

— Et Bouzeron ?

— On possède moins de choses sur lui... Il a été mêlé à des coups fumeux, mais son casier judiciaire est toujours vierge...

— Andréani le tient ?

— A cause d'une bagarre à coups de couteau dans le bar-tabac de son beau-frère... Ça c'est passé il y a deux ans... L'origine du conflit n'est pas très claire, mais Bouzeron a salement tailladé un pékin au sujet d'une fille... Andréani qui s'intéressait de près à ce rade a fermé les yeux, mais il n'a pas oublié le bonhomme...

— Vous croyez que ces types sont capables d'être à l'origine du méchoui de ce matin ?

— Ils correspondent assez bien à la description du témoin.

Manifestement, Kœnig souhaitait être sur une fausse piste. Fier de ses premières trouvailles, Arzel semblait quant à lui indifférent aux conséquences de cette histoire. Sous les indices, il sentait bouillir la lave. Mais il paraissait amusé, curieux de voir jusqu'où Kœnig oserait aller. Celui-ci reprit :

— Vous avez un portrait de Montagny ?

Son zélé subordonné sortit une photographie d'un dossier qu'il tenait à la main et la posa sur son bureau.

— Je vous remercie… On va voir avec notre témoin… Ça lui dira peut-être quelque chose…

Les traits du commissaire avaient retrouvé leur énergie.

— Je crois qu'il va décidément être intéressant d'interroger Martine Musil… Vous allez passer rue Blondel et me l'embarquer…

Il leva la tête vers Arzel et le fixa, presque grave.

— Naturellement, personne dans la maison ne doit être au courant de ces démarches…

Cette dernière remarque avait été faite sur le ton de la confidence. Arzel haussa les épaules pour souligner son caractère superflu.

XVI

La fille était dans le bureau de Kœnig. Mutine, hautaine, arrogante, elle voulait apparaître sûre d'elle. Le commissaire traversait la pièce à grandes enjambées. Il ne disait pas un mot pour l'instant. Il avait demandé à Arzel de laisser les menottes à la pute. C'est pas parce qu'elle faisait des turlutes au Tout-Paris qu'elle allait avoir droit à un traitement de faveur. Pas ici en tout cas.

Arzel s'était assis dans un coin de la pièce et regardait Martine Musil. Elle portait un tailleur en cuir rouge et des chaussures à talons hauts de la même couleur, symboles stéréotypés et à peu près périmés de sa caste. Le lieutenant préféra l'imaginer nue. Le grain de sa peau mate devait être agréable au toucher. Son visage était fin et racé, avec le nez et le menton légèrement saillants. Il détacha pour lui-même ses longs cheveux noirs. Ils formèrent une vallée que les reflets rendaient presque argentée. Il eût voulu la caresser. Elle avait les seins hauts et magnifiques. Arzel imagina les ongles de ses pieds soigneusement peints, ses cuisses lisses et rondes, son ventre ferme. En consultant son état civil, il avait vu qu'elle avait trente-cinq ans. Il se dit que c'était l'âge de l'éclat, celui où la beauté d'une femme concentre l'assurance et la force et trouve encore la ressource de défier l'enlisement ovarien.

Kœnig continuait à arpenter son bureau. Martine Musil affichait un sourire en coin avec lequel elle croyait pouvoir défier le commissaire. Mais Kœnig n'était pas un micheton. Il était en train d'élaborer un enchaînement de questions qui allaient obliger la pute à se mettre à table. L'intuition n'était pas sa manière. Il détestait avancer au juger et préférait poser des collets, tendre des fils invisibles, cacher des pièges. Il avait une théorie de l'interrogatoire dont on aurait pu faire un art de la guerre.

La fenêtre était toujours ouverte et Martine Musil voulut dissiper le trouble qui commençait à la gagner en écoutant battre le cœur de la ville. Des flaques de soleil sur le mur de l'immeuble d'en face lui rappelèrent qu'il faisait beau, et qu'elle aurait pu aller se promener dans les jardins de Bagatelle.

Elle était déjà dans l'herbe sèche, au milieu des enfants et de leurs jeux bruyants, lorsque Kœnig s'approcha d'elle.

— Vous êtes ici au sujet d'une affaire criminelle…

La pute tressaillit. Le commissaire savait planter ses banderilles au bon endroit dès le premier assaut.

— J'imagine, poursuivit-il, que vous êtes persuadée qu'on s'active déjà pour vous faire sortir d'ici… *On* – il insista sur ce mot – aura cependant du mal à ressusciter les morts…

Kœnig marqua un temps d'arrêt. Martine Musil força un peu sur son sourire. Le commissaire s'était assis.

— Vous avez des scrupules à nous dire la vérité... Le problème est que l'affaire est un peu plus corsée que vous ne l'imaginez... A l'argent qui nous occupait jusqu'ici est venu s'ajouter un cadavre... Je vais prendre votre déposition... Je tiens simplement à vous rappeler qu'un faux témoignage dans une affaire de ce genre vous vaudra de la prison...

— Je ne sais rien !

La pute essayait de tenir mais le commissaire voyait qu'en quelques minutes, déjà, elle avait commencé à perdre de son aplomb. Elle avait l'habitude d'entendre les roussins jouer du pibouic, mais elle n'avait pas l'esprit tranquille.

— Nous voulons retrouver Maranges, lui dit Kœnig.

— Pourquoi vous en prendre à moi ? souffla la fille traquée. Je ne sais pas où il est ! Nous n'avons plus rien à voir ensemble !

— Ça fait combien de temps que vous ne vivez plus avec lui ?

— Quatre mois...

— Et vous ne vous êtes jamais revus ?

— Non...

— Non ?

— Il est passé une ou deux fois rue Blondel...

— Vous vous êtes parlé ?

— Je ne sais plus...

Le commissaire Kœnig se leva et alla prendre une chemise cartonnée dans son armoire. Il revint à son bureau et jeta le dossier devant lui. Il l'ouvrit et tourna rapidement les pages.

— Vous n'essaierez pas de cacher que vous faites partie des habituées du Courlis, rue des Martyrs… Ni que mes collègues de la brigade de répression du proxénétisme ont eu plusieurs fois l'occasion de vous rencontrer là-bas ?

— Non…

— Comment expliquez-vous votre présence dans ce bar il y a six semaines aux côtés du patron ? Je crois que ce barbichon qui se fait appeler M. Jean-Yves est inculpé pour proxénétisme aggravé et association de malfaiteurs ?

La pute commença à flancher. Elle savait s'orienter à l'instinct, elle avait l'art de se sortir de la bouillasse avec habileté, mais la masse d'informations à laquelle elle était confrontée commençait à l'étourdir. Elle n'y comprenait que pouic. L'assassinat de Jimmy, dont Simon et ses nervis avaient récupéré le cadavre pour le faire disparaître, continuait à la tourmenter.

— Je n'ai rien fait ! Je n'ai jamais tué personne ! se mit-elle à crier, la gorge obstruée par un sanglot.

Kœnig avait fermé la fenêtre. Son bureau était un bathyscaphe en plongée. D'un regard, le commissaire fit comprendre à Arzel de se taire. Il voulait liquéfier la dure résolution de la pute.

— Et puis vos menottes me font mal ! continua-t-elle. Si vous voulez que je vous parle, enlevez-les-moi !

D'un signe de tête, le commissaire demanda à Arzel de la détacher.

— Je vous écoute… dit-il.

Martine Musil n'avait plus envie de causer, mais elle savait qu'elle était allée trop loin. Les flics ne la lâcheraient plus.

— Qu'est-ce que vous voulez savoir ? Maranges, je sais pas où il se cache… A l'heure qu'il est, il règle peut-être ses comptes avec le Mec des Mecs…

— Vous croyez en Dieu ?

— Mais non !… Je dis ça comme ça !… Au cas où il aurait cané…

— Maranges est mort ?

— C'est pas à lui que vous faisiez allusion tout à l'heure ?

Kœnig ne répondit pas. Il avait conservé l'annonce de la mort de Marie Toumieux pour la fin, comme un matador garde son épée sous sa muleta.

— C'est pas Maranges qui est mort ? redemanda la pute.

— Mort ou vif, lâcha le commissaire, je n'en sais rien… En tout cas, il est introuvable…

Le visage de Martine Musil se décrispa. Maranges, cet abuseur, cet hypocrite, ce traître qu'elle n'arrivait pas à oublier, était peut-être encore en vie. Elle avait cru que les policiers faisaient allusion à lui lorsqu'ils avaient parlé d'affaire criminelle…

— Mais c'est quoi cette histoire de cadavre ? reprit-elle.

— Répondez d'abord à nos questions…

Kœnig protesta presque sur le ton de la plaisanterie.

— … vous devez bien avoir une idée de la raison qui a obligé Maranges à disparaître ?

— Je crois qu'il a eu des histoires d'argent…
— Une grosse somme ?
— Je n'en sais rien…
— Huit cent mille francs ?
En entendant ce chiffre, Martine Musil se sentit prise au piège. Les flics savaient tout. S'ils voulaient la faire parler, c'était pour obtenir les détails qui leur manquaient. Elle se demanda ce que faisait Andréani. Lorsqu'elle l'avait vu la veille, il avait accusé Maranges du meurtre de Jimmy et lui avait promis de la protéger. Ça faisait déjà trois plombes qu'elle s'était fait embarquer et elle l'attendait avec la même fièvre que Napoléon guettant l'arrivée des cavaliers de Grouchy à Waterloo.
N'y comptant plus, elle vacilla.
— Ouais, huit cent mille francs…
— Vous étiez au courant ?
— Autant que vous… Cet argent, vous savez très bien d'où il vient… Simon l'a sorti pour une enquête qu'il menait… Maranges lui a barboté…
Kœnig connaissait cette version de l'affaire. C'était celle que le commissaire Andréani avait donnée au ministère pour expliquer la disparition des beaux talbins de la Banque de France.
La pute fatiguait. Kœnig se dépêcha.
— Et où est-ce que Maranges peut se cacher ?
— Je vous ai dit que j'en savais rien… Pourquoi toujours revenir à cette histoire… Vous voulez me faire mal ?
— Vous l'aimez ?
Arzel qui s'était presque endormi regarda le commissaire. Pourquoi avoir posé cette question ?

Kœnig, en fixant Martine Musil, vit qu'il avait tapé au bon endroit. Elle se décomposait. Le policier insista.

— Vous aimez Maranges ?

— Laissez-moi !… cria la pute en se levant. J'en ai assez de vos saloperies !… Vous êtes une pourriture !

Elle donna un coup de pied dans le bureau et cracha sur le commissaire Kœnig. Arzel se leva et ceintura la fille. Deux agents qui avaient entendu le bruit depuis le couloir entrèrent dans la pièce. Ils aidèrent le lieutenant Arzel à immobiliser la pute pendant que ce dernier lui attachait les poignets.

Kœnig avait sorti un mouchoir et essuyé le venin inoffensif. De telles explosions étaient coutumières. Après avoir commencé à se mettre à table, la fille s'était subitement rétractée, cédant à un moment de panique. Il demanda aux deux agents d'asseoir Martine Musil sur sa chaise et les pria de quitter les lieux.

Le silence dans la pièce dura quelques minutes.

— Notre entretien s'est bien passé jusqu'ici, finit par dire le commissaire. Il est inutile de vous mettre en colère…

La pute ne le regardait plus. Son visage s'était crispé autour de ses yeux fiévreux et sa bouche s'était resserrée pour demeurer close. Kœnig la regarda et se dit que les années commençaient à marquer ses traits qui avaient perdu leur souplesse au moment de la détresse. Le maquillage avait coulé sur le visage de Martine Musil, découvrant les défauts de sa peau. Le commissaire détestait les femmes fardées. Il trouva la situation plus impudique que si la pute s'était mise à poil.

— Arzel, allez nous chercher quelque chose à boire, dit-il.

Il se tourna vers Martine Musil.

— Vous voulez une cigarette ?

La fille ne broncha pas.

*

La libellule entêtée avait fini par parler. Au bout d'une heure de rébellion, Kœnig lui avait présenté les photos du cadavre carbonisé de Marie Toumieux. Les deux putes s'étaient toujours détestées. Mais la découverte de la mort de la Marquise, après celle de Jimmy, avait terrorisé Martine Musil.

Elle s'était effondrée. Trop d'événements, trop de morts, trop d'angoisse. Elle avait lâché Andréani. Sans reprendre son souffle, elle avait tout raconté, depuis sa rencontre, trois ans auparavant, avec le commissaire chargé de la surveillance des cabarets, jusqu'aux dettes qu'Andréani avait accumulées. Maranges jouait des chevaux pour lui, et au lieu de payer lorsqu'il perdait, Simon avait sans cesse essayé de se refaire. A la fin, il devait presque un million de francs au pronostiqueur.

La pute avait fait le récit de ce soir orageux où Maranges était venu chercher l'argent boulevard Murat alors que Simon était là. Les deux hommes avaient eu une violente altercation et elle s'était mise à hurler, suppliant Andréani de payer. Il avait donné l'argent, pensant remettre la main dessus rapidement. Il ne voyait pas que le pronostiqueur dissimulait une redoutable habileté.

Martine Musil avait expliqué à Kœnig que Maranges s'était montré beaucoup plus retors que ne l'avait prévu Andréani. Après quelques tentatives infructueuses pour récupérer l'argent en douceur, le commissaire était donc passé aux menaces.

A l'époque, cela faisait plusieurs mois que Martine Musil ne vivait plus avec Maranges. Simon l'avait obligée à le quitter. Les privautés que le flic s'était toujours réservées avec la pute ne lui avaient plus suffi. Une passion exclusive s'était emparée de lui.

Il s'était mis à passer de plus en plus souvent rue Blondel, à traquer sa maîtresse boulevard Murat, à l'attendre au Courlis.

Kœnig avait voulu savoir si Andréani n'avait pas un petit peu joué les maquereaux, et la pute lui avait dit que non, au contraire, il payait pour faire pardonner sa présence. Il avait commencé par lui offrir des cadeaux, puis il s'était mis à lui donner de l'argent liquide en la suppliant de rester avec lui.

Elle avait dit qu'elle possédait des lettres, et que si les policiers ne voulaient pas la croire, elle pourrait leur montrer. Ces courriers qui s'étaient accumulés prouvaient l'enlisement de Simon dans la démence. Il s'était entiché d'une pute et avait fini par ne plus supporter la présence d'autres hommes autour d'elle.

Le pire, c'était avec Maranges. Les crises de jalousie d'Andréani confinaient à la folie. Martine Musil avait essayé de composer, mais quand Maranges avait découvert qu'elle l'avait repoussé sur ordre d'Andréani, c'est lui qui était devenu méchant.

Il l'avait traitée de tous les noms. Salope !… Balance !… Putasse !… Embrochée !… Endoffée !… Enquillée !… Accrocheuse !… Entôleuse !… Donneuse !… Ribaude !… Encaldossée !… Daube !… Emmanchée !… Empaffée !… Marane !… Postiqueuse !… Barboteuse !… Shampouineuse !… Pignoleuse !… Ponette !… Gougnotte !… Lècheresse !… Gamahucheuse !… Décarpilleuse !… Dessaleuse !… Godailleuse !… Crabe de plumard !… Microbe à matelas !… Peloteuse de poulagas !… Paillasson à perdreaux !… Pipeuse à flicard !… Turluteuse à mouchard !… Souffleuse à poulardin !… Blanchisseuse de tuyaux de pipe !… Leveuse de bicots !… Bouffeuse de braguettes !… Tiroir à foutre !… Garage à bites !… Ecluse à pipi !… Derche à dards !… Tasse à pisse !… Eponge à purée !… Tartineuse de mouscaille !… Tireuse de jus !… Secoueuse de palmiers !… Carmélite du Diable !… Frangine à Satan !… Demoiselle au bon Dieu !… Cléopâtre de claque !… Néfertiti de bouclard !… Salomé de boxon !… Bovary de foutoir !… Sac à pines !… Pompe à chtouille !… Bobonne à bobinards !… Suceuse de rondelles !… Musette à chibroques !… Presseuse à précieuses !… Friseuse de burnes !… Cireuse de bambou !… Farfouilleuse de calcifs !… Coupeuse de navets !… Lessiveuse de julots !... Eplucheuse de bananes !... Brouteuse de mouise !... Fumeuse d'asticots !... Astiqueuse d'arbalètes !... Renifleuse d'échalotes !... Dévoreuse de fignards !... Joueuse de quéquette !... Rongeuse de roupettes !... Moucheuse de chandelles !... Tirelire à caramel !... Croqueuse de caca !... Avaleuse de burettes !... Repasseuse de noisettes !... Esquinteuse de bonbons ! Essoreuse de chinois !... Tondeuse à oignards !... Museau à tartissure !...

Maranges avait été furieux. Il n'avait pas voulu comprendre qu'Alix était prisonnière des caprices d'Andréani et que le commissaire était devenu l'arbitre imprévu de leurs amours.

Martine Musil avait dit beaucoup de choses à Kœnig. Mais elle n'avait pas tout raconté. Lorsque le commissaire avait évoqué Montagny et Bouzeron, elle était restée évasive. Elle avait juré qu'elle ne savait rien sur eux. Le policier avait insisté et elle avait reconnu qu'Andréani avait l'habitude de travailler avec eux, sans donner d'autres détails. La pute n'avait pas envie d'être tricarde sur la place de Paris et d'aller faire le tapin à Orléans.

Elle n'avait pas non plus parlé de la mort de Jimmy. Comme elle n'était pas rassurée, elle s'était dit qu'elle pourrait toujours rappeler ce meurtre étrange aux flics s'ils avaient la mauvaise idée de la charger. Cette révélation pouvait s'avérer une précieuse monnaie d'échange. Car Martine Musil était persuadée que le commissaire Andréani arriverait à s'en tirer. On chercherait des responsables, elle, Maranges ou un autre, et on laverait l'honneur de la flicaille sur leur dos. La question qui la tourmentait était la sincérité de Kœnig. Simon ne lui avait jamais parlé de ce collègue, mais elle sentait la concurrence malsaine qu'il y avait entre eux. La pute pensait que Kœnig serait reconnaissant. Une espèce d'instinct animal lui avait fait abandonner un flic pour un autre.

Elle espérait ne s'être pas trompée de camp.

*

Après l'affrontement, les intimidations et les cris, après la tension de l'interrogatoire, les découvertes sordides et le dégoût face à l'inconcevable, le commissaire Kœnig était heureux, dans son bureau enfin tranquille, de se balancer doucement, avec une canette de Perrier à la main, les paroles d'une romance de Leonard Cohen dans la tête, et un quart d'heure pour faire le point.

Arzel avait raccompagné Martine Musil en cellule. Kœnig lui avait fait part de son intention de la retenir quelque temps au commissariat et la pute avait paru rassurée. Elle avait vidé son sac jusqu'au bout. Les pressentiments qui agitaient le commissaire depuis la veille étaient hélas presque tous vérifiés.

Jamais Kœnig ne s'était senti aussi désabusé. Les rumeurs qui circulaient à propos du commissaire

Andréani étaient donc fondées. Cet insensé, non content de cultiver des rapports ambigus avec les proxos, s'était amouraché d'une pute.

Kœnig ne savait pas ce qu'il allait pouvoir faire de la déposition de Martine Musil qu'il avait soigneusement rangée dans un tiroir fermé à clef de son bureau. En repensant à la manière dont elle avait lâché le paquet, il se dit qu'une pute serait toujours une pute, toujours prête à vendre son cul au plus offrant.

En même temps, il comprenait la réaction de Martine Musil. Le harcèlement d'Andréani avait dû être terrible. Le mélange de brutalité et d'adoration qu'elle avait évoqué avait probablement transporté le policier aux frontières de la folie. Kœnig n'en revenait pas. Il avait souvent entendu parler de flics qui maquereautaient, mais cette histoire de divisionnaire perdant la raison pour une langouste était invraisemblable.

Que faire ? Kœnig continuait de penser qu'il devait aller très vite. Il n'avait prévenu personne pour l'instant. Le témoignage de la pute n'était pas suffisant pour informer le ministère. Les filles sont capables de raconter n'importe quoi pour se défarguer, et la justice ne fait pas grand cas de leur parole lorsqu'elle est opposée à celle d'un officier de police judiciaire. Kœnig avait encore en mémoire l'histoire des prostituées de la rue de Budapest qui avaient accusé un flic de corruption et de proxénétisme. A l'issue du procès, le commissaire soupçonné avait été blanchi.

Kœnig était contracté. Sa main sur son visage lui procura une fraîcheur inattendue. Son cerveau grouillait de pensées confuses. Cela dura encore quelques minutes puis il se leva. Il ouvrit la porte qui donnait sur le bureau voisin et vit qu'il était vide. La jolie stagiaire était descendue avec un collègue.

Kœnig pensa à la vie telle qu'elle coule à travers des habitudes simples et des rites familiers, le petit noir du matin, la pause café, le déjeuner, le dernier verre avant de rentrer. Il avait toujours évité cette existence rassurante et se surprenait à le regretter.

Maintenant Kœnig hésitait. Il fallait prendre une décision et il repoussait le moment du choix. Son bureau lui parut fatigant, et il se mit à détester les objets qui l'encombraient, cette machine à écrire archaïque, ces images ridicules de lagons paradisiaques au mur, ce trophée de tir qu'avait laissé un de ses prédécesseurs. Seule la petite photographie de Raymond Aron qu'il avait religieusement collée au mur échappa à son écœurement.

C'est Arzel qui tira son supérieur de son apathie.

— J'ai la localisation de Montagny et de Bouzeron ! cria-t-il en entrant dans le bureau.

Kœnig écouta encore la sirène d'un fourgon qui regagnait le commissariat. Il ne voulait pas faire état des considérations hasardeuses qui n'avaient pas cessé de le tourmenter depuis la fin de l'interrogatoire de Martine Musil.

— Où en sont les analyses du labo ? demanda-t-il à Arzel.

— Aucune empreinte exploitable… Les cendres prélevées dans la chambre de la victime sont difficilement identifiables…

— Pas de trace de l'argent ?

— Rien pour l'instant.

Le commissaire regarda son subordonné.

— Arzel, vous avez compris dans quelle situation nous sommes ?

— Oui…

— Les révélations de la pute, c'est de la dynamite… Mais elles ne valent pas tripette… Il faut autre chose… L'argent par exemple…

Le commissaire avait fini par s'asseoir. Arzel était resté debout. Il avait une grosse tête ronde parsemée de rares cheveux. Kœnig était heureux de découvrir que son subordonné valait plus qu'il ne le pensait. C'était la première fois qu'une telle complicité liait les deux hommes.

— Si vous le permettez… murmura Arzel.

— Oui ?

— Nous devons mettre la main sur Montagny et Bouzcron… D'abord parce qu'il y a de grandes chances qu'ils soient coupables du meurtre du boulevard Exelmans et ensuite parce qu'ils pourront nous éclairer sur les raisons de leur geste…

— Vous pensez qu'ils ont agi sur ordre d'Andréani ?

— La pute à parlé de démence…

Kœnig donna un coup de poing sur son bureau et se leva.

— Merde ! Andréani est vraiment cinglé !

Il prit son blouson accroché sur l'armoire.

— Vous allez me conduire à l'adresse de Montagny et Bouzeron… On préviendra le reste de la maison plus tard ! Je ne veux pas qu'Andréani se doute de quoi que ce soit !

XVII

— Maintenant, c'est moi le patron !

La phase militaire des opérations avait débuté. Marin ne voulait pas laisser l'improvisation chanstiquer son plan de bataille. Neubourg avait cru en deviner le principe en écoutant les appels téléphoniques que son ami avait passés sur son portable.

Après avoir demandé au jeune homme de s'assurer que les deux indiens qui les filaient boulevard de Magenta avaient été semés, Marin continua jusqu'à la porte de Champerret. Place de Clichy, les files d'attente devant les cinémas, l'animation autour des bouches de métro et l'impatience de la foule qui vibrait sous le soleil retinrent à peine son attention. Il fila boulevard des Batignolles et avenue de Villiers.

— On va où ? lui demanda Neubourg.

— Jusqu'à la mer ! cria-t-il.

Et il accéléra pour être convaincant, chantant à tue-tête une niaiserie à la mode. Le périphérique en direction du sud était encombré. Ils mirent presque une demi-heure pour rejoindre la porte d'Orléans. Là, Marin laissa ses rêves de sable et de coquillages et roula en direction du parc de Montsouris. Il gara sa voiture près d'un petit restaurant italien.

— Je t'invite ! lança-t-il à Neubourg.

Ils s'installèrent autour d'une petite table au fond de la salle. Des fanions de supporters et des bouteilles de chianti rondes comme des ballons composaient autour d'eux une décoration indémodable. Marin remarqua au-dessus de lui une photographie jaunie de Dino Zoff. Neubourg, légèrement troublé, crut qu'il s'agissait de Pasolini. Ils commandèrent deux verres de marsala et Marin récita des vers de Leopardi sur les funérailles d'une belle dame. Puis ils mangèrent une escalope de veau au romarin et il dit un poème d'Ungaretti célébrant le bruit inlassable des vagues. Le lambrusco était délicieusement frais. A la fin du repas, Marin se souvint de stances de Montale où il est question d'un sentier suivi comme un chien inquiet. Neubourg était interdit.

— Tu as peur ? lui demanda Marin.

— Pour Maranges ?

— Pour toi.

— Un peu…

En médecin averti des âmes incertaines, Marin demanda deux grappas. Lorsque le garçon apporta les verres, il commenta avec lui la saison de l'AS Roma, s'échauffant, s'emportant, expliquant pour conclure que le recrutement avait été mauvais. L'autre essaya de répliquer, mais Marin lui répondit en italien, pour lui démontrer qu'il avait tort.

Puis il se tourna vers Neubourg.

— Qu'en penses-tu ?…

Le jeune homme, toujours préoccupé par le sort de Maranges, fut incapable de répondre. Marin lut son désespoir dans la brume qui flottait dans son regard.

— Ne t'inquiète pas ! On va remettre la main sur lui... Je vais rappeler au journal pour savoir si quelqu'un a été foutu de me trouver le propriétaire de la voiture qui nous filait tout à l'heure...

L'euphorie de Marin n'avait pas désarmé. Il était décidé à trouver un emploi à l'attirail guerrier qu'ils avaient caché dans la boîte à gants de sa voiture avant d'entrer.

Le serveur apporta deux autres grappas que les deux hommes burent d'un trait. Marin paya et ils sortirent. Dehors, ils étaient un peu brindezingues. Le soleil leur sembla plus rond et plus rouge qu'en entrant. Le ciel leur parut soudain jaune et brûlant.

— Un ciel de fin du monde ! jugea Marin.

Ce commentaire parut obscur à Neubourg. Il était trop fatigué pour demander des explications. Ils montèrent en voiture. Le jeune homme demanda alors à son ami de rouler jusqu'à une petite rue située derrière la gare Montparnasse.

Un quart d'heure plus tard, Neubourg arrêta Marin devant une épicerie et sortit de voiture. Il traversa la rue et entra dans la boutique. Un garçon d'une quinzaine d'années tenait la caisse.

— Vous êtes peut-être Mustapha ? lui demanda Neubourg.

— Non, fit le jeune beur.

Il se retourna et appela quelqu'un dans une petite pièce au fond de l'épicerie. Le grondement du Grand Prix de formule 1 retransmis à la télévision cessa subitement. Seule la lueur blafarde qui remuait dans la pièce révélait que le récepteur était toujours allumé. Un Kabyle plus âgé au visage de boxeur fit son apparition.

— Que se passe-t-il ?

Il avait une voix douce qui convenait mal à sa carrure de cogneur.

— La chair est triste, hélas ! et j'ai lu tous les livres, répondit Neubourg en lui tendant la main.

— Fuir ! Là-bas fuir ! Je sens que des oiseaux sont ivres d'être parmi l'écume inconnue et les cieux ! poursuivit le boxeur.

Puis il regagna la pièce du fond. Une minute passa. Il ressortit avec une grosse enveloppe en kraft qu'il tendit à Neubourg. Le jeune homme s'en saisit sans ajouter un mot. Il salua les deux épiciers d'un signe de main avant de les quitter.

— Démarre ! lança Neubourg lorsqu'il eut regagné la voiture.

Marin s'exécuta. Il avait déjà oublié qu'il s'était réservé le privilège de donner les ordres. La voiture avança jusqu'au bout de la rue et tourna en angle droit en direction de l'avenue du Maine. On passait dans ce quartier de la saleté chaleureuse de rues presque pouilleuses à la clarté aveuglante d'artères rénovées. C'était le 14e arrondissement de Marin, celui dans lequel il était né, et dont il avait vu l'âme disparaître sous des tonnes de béton armé entre la rue du Château et la porte de Vanves.

— Tu as deviné le contenu de cette enveloppe ? lui demanda Neubourg lorsqu'ils eurent atteint la gare Montparnasse.

— De l'argent ?

— Précisément. Les quatre cent mille francs que Maranges a confiés à la Marquise !

— Qu'est-ce que ce fric faisait dans un boui-boui ?

— Voici trois jours, la Marquise l'a confié au type qui tient l'épicerie… Lorsque je l'ai vue hier après-midi, elle m'a dit qu'elle était surveillée, qu'elle ne pouvait plus rien faire… Elle voulait que je récupère l'argent pour le mettre à l'abri… Elle m'a laissé un mot de passe en m'assurant que son ami était de toute confiance…

— On file sur Saint-Malo ! cria Marin. On prendra deux chambres à L'Univers, on dînera d'huîtres et de muscadet… Et si tu es un homme, on ira se baigner !

Il voyait déjà la ville, ses remparts gris, ses maisons de famille et sa plage à marée basse parsemée de promeneurs.

— Tu es fou !… s'offusqua Neubourg. Et Maranges ?

— Ça va pas recommencer ! Tu t'es déjà fait dépouiller de quarante bâtons… Si on décarre pas *pronto*, tu garderas pas longtemps ton pognon !

— Je pensais que je pouvais compter sur toi… Que tu saurais trouver un endroit pour le planquer…

Marin pila. Neubourg, qui n'était pas attaché, fit un bond en avant. Il eut juste le temps de mettre ses mains devant lui pour éviter le choc contre le pare-brise.

— Merde ! hurla Marin. Dans quelle mélasse tu m'embarques ! Fallait laisser cet argent où il était et on se serait occupés de Maranges ! Tant qu'on est en possession de ce magot, on est bloqués ! Le mieux est de prendre le large !

— On ne peut pas… gémit Neubourg.

Doucement, Marin fit redémarrer sa voiture et alla stationner en double file dix mètres plus loin.

Les mains accrochées au volant, le visage caché dans ses bras, il se tut pendant plusieurs minutes. Neubourg, à côté de lui, n'osait plus dire un mot. Puis Marin se redressa et sortit son téléphone. Il composa rapidement un numéro.

— C'est Marin… Ouais… Tu as trouvé ce que je t'ai demandé ?… Très bien… On sait quelque chose sur ce type ?…

*

Ils avaient juste un nom et une adresse, entre la gare Saint-Lazare et la Madeleine. La voiture qui les avait filés appartenait à un certain Montagny. Le journaliste de *Paris-Matin* qui avait effectué les recherches n'avait rien sur le bonhomme.

— Vive les surprises ! avait crié Marin en démarrant.

Avant de se rendre à l'adresse indiquée rue de Castellane, il emmena Neubourg place des Ternes. Il avait là-bas une amie qui occupait un grand appartement dans un immeuble plein d'odeurs anciennes. C'était une toute petite femme qui vivait au milieu de chats et d'un coruscant bric-à-brac où cohabitaient statues d'église et jouets désuets, babioles sonores et plantes vertes, chapeaux farfelus et poupées cabossées. Elle s'était depuis des années retirée du monde. Neubourg aima le scintillant regard de cette anachorète baroque à la taille de myrmidone. Il admira son acquiescement complice lorsqu'elle prit l'argent et ne put s'empêcher de repenser douloureusement à Mao.

En quittant la place des Ternes, il demanda à Marin quelle était la nature des liens qui l'unissaient à cette femme. Son ami rit et lui répondit que ce n'était pas ce qu'il croyait. Constance était gougnotte. C'était selon lui une raison suffisante pour lui faire confiance. Neubourg approuva, le cœur toujours occupé par le souvenir désespérant de la trahison de Mao.

Lorsqu'ils arrivèrent rue Castellane, les automatiques restèrent dans la boîte à gants. Le périmètre était encombré de voitures de police. C'était pas le moment de se prendre pour Mike Hammer et de narguer l'ennemi. *Là où il est fort, évitez-le.*

Après avoir laissé leur voiture plus loin, Marin et Neubourg s'approchèrent de l'immeuble de Montagny. Il n'y avait aucun barrage dans la rue, et les policiers semblaient attendre dans leurs voitures. Les gyrophares projetaient dans la rue une lumière bleue qui glissait doucement sur les murs alentour. On n'entendait plus que le grésillement des radios ponctué par de brefs signaux sonores. Assis à l'arrière de l'une des voitures, un agent au teint couperosé lisait *Le Journal du dimanche*.

Le commissaire divisionnaire Kœnig sortit de l'immeuble, accompagné d'Arzel qui poussait devant lui une fille rachitique et sale qui refusait d'avancer. Kœnig eut un sourire impossible à interpréter lorsqu'il aperçut Marin et Neubourg à quelques mètres de lui. Il demanda au lieutenant Arzel d'emmener la fille avec lui et s'approcha.

— Marin ! Que faites-vous ici ?

— La même chose que vous, monsieur le divisionnaire…

Le policier s'avança encore, affichant une bonhomie toute paternelle. Il portait un costume en lin de couleur claire et des chaussures à lacets en cuir marron. Son attitude se voulait bienveillante. Son moral était celui d'un vainqueur.

— La même chose que moi ?

— Notre métier…

Kœnig, toujours débonnaire, se tourna vers Neubourg.

— Avec ce turbulent jeune homme ?

— C'est vrai, ironisa Marin, que vous avez eu l'occasion de faire connaissance…

— Je crois que M. Neubourg ne nous en veut pas… Il n'était pas blanc-bleu sur cette affaire… n'est-ce pas ?…

Neubourg ne détestait rien davantage que cette fausse complicité des flics. Truands avec les truands, communistes avec les communistes, fascistes avec les fascistes, racistes avec les uns, antiracistes avec les autres, les condés sont des caméléons pervers dont il avait appris à se méfier. Il sourit cependant.

— Comment vous en voudrais-je ?...

La voiture dans laquelle Arzel avait poussé la fille passa devant eux. Kœnig la regarda disparaître au coin de la rue. Marin sentit que c'était l'heure des flatteries.

— Belle prise, monsieur le divisionnaire ?

— A peine... Mais comment les obligations de votre métier vous ont-elles amenés ici ?

— Nous venions voir un certain Montagny...

— Montagny ? Il n'est pas près de revenir ici...

— Vous le connaissez ?

— Pas encore... Mais un avis de recherche est lancé et des barrages ont été mis en place aux portes de Paris...

Marin hésita.

— Si vous permettez... La fille qui vient de passer avait quelque chose à voir avec lui ?

— C'est une pauvre camée qui vivait enfermée dans son appartement... Quand il rentrait avec ses copains, elle leur taillait des plumes et ils la tiraient à la chaîne ...

Le commissaire avait prononcé ses derniers mots avec un détachement cynique. Marin frissonna. Neubourg semblait absent. Il ne savait visiblement pas quelle attitude adopter.

— Et Maranges ? lança le commissaire au jeune homme. Vous avez de ses nouvelles ?…

— Aucune ! répondit Marin à la place de Neubourg. C'est pour ça que nous sommes ici…

— Vous pensiez le retrouver ?

— Nous aurions aimé questionner Montagny à son sujet…

— Il sait tant de choses que ça ?…

Le policier affectait une moue étonnée. Marin qui comprenait son jeu en rajouta dans la candeur.

— C'est une histoire à la fois compliquée et ancienne… Des policiers accusés de corruption et de proxénétisme, des patrons de boîtes de nuit à l'ombre, des valises de billets, une enquête de l'Office central de répression du trafic des êtres humains… Vous êtes plus au courant que nous… On voulait que Maranges profite de ses contacts avec la truanderie pour nous aider dans nos investigations pour le journal… Apparemment, ça en a dérangé quelques-uns… Aujourd'hui, on voudrait terminer notre enquête et découvrir qui en veut à Maranges…

Un large sourire sur le visage du commissaire Kœnig cachait mal son désappointement. Trop d'affaires étaient sorties ces derniers mois pour qu'il parvienne à tout cacher.

— C'est vrai que je suis plus au courant que vous… Mais je n'ai pas encore tout compris… Et si vous voulez qu'on retrouve Maranges avant qu'il ait avalé son acte de naissance, il serait peut-être utile que vous m'aidiez…

Il marqua un temps d'arrêt.

— Vous allez venir avec moi au commissariat et je vais vous entendre comme témoins…

Marin et Neubourg se regardèrent. L'aîné semblait plutôt pour, le cadet plutôt contre. Ce dernier n'eut pas le choix.

— C'est d'accord ! s'écria Marin.

*

Neubourg connaissait le bureau du commissaire. Aucun objet n'avait bougé. Il s'assit sur la même chaise que la dernière fois. La présence de Marin à ses côtés lui fit un drôle d'effet, comme lorsqu'il était convoqué chez le proviseur avec son père.

Kœnig parlait à un collègue dans le bureau voisin. Neubourg et Marin qui s'impatientaient essayaient de déchiffrer les conversations du couloir, brouhaha ondoyant mêlé de claquements de portes et de cris. Le vacarme des sirènes et le bruit des voitures dans la cour le rendaient parfaitement inaudible.

— Si vous le permettez, commença Kœnig, je vous propose que nous discutions en toute liberté… Laissons les paperasseries fatigantes… Nous pouvons mutuellement nous rendre service…

Le commissaire, toujours plus bonhomme, avait laissé son fauteuil et s'était assis près des deux hommes. Neubourg enrageait. Marin, d'un coup d'œil, lui ordonna de se taire.

— Vous savez, poursuivit Kœnig, que votre ami Maranges était en possession d'une somme acquise dans des conditions douteuses…

Il se tourna vers Neubourg.

— … Je ne vous soupçonne pas d'être complice… Simplement de vous être laissé abuser par lui… Mais ne parlons pas de ça…

Un petit rictus de satisfaction grignota le visage du commissaire. Neubourg était exaspéré. Marin s'en amusa.

L'expression de Kœnig devint sévère.

— Marie Toumieux a été assassinée cette nuit. Montagny a probablement été chargé de l'exécution.

Soudain froide comme du marbre, la voix du commissaire résonna longuement dans la pièce.

Satisfait de son petit effet, le flic attendit une réaction. Neubourg était devenu transparent. Marin avait enregistré l'information avec plus de calme.

— Qu'attendez-vous ? demanda-t-il.

— Votre collègue a vu Marie Toumieux vendredi… Elle lui a peut-être parlé de menaces qui pesaient sur elle ou de…

— Je l'ai vue hier ! coupa sèchement Marin. Elle était inquiète pour elle et pour Maranges… Les apaches qui se sont occupés d'elle pourraient bien être ceux qui en veulent à Maranges…

— Pourquoi avez-vous rencontré cette fille hier ?

— Vous le savez très bien !

La fausse ingénuité du commissaire avait fini par mettre Marin en colère. Son visage était devenu entièrement rouge.

Kœnig fit une moue étonnée.

— Oui, vous le savez !… Si l'argent dont vous parliez tout à l'heure a sali quelqu'un, ce n'est peut-être pas Maranges !… J'ai voulu m'informer moi-même… Il n'est pas certain qu'en la circonstance il eût été prudent de confier ses intérêts à la police !…

— Que sous-entendez-vous ?

— Que certains de vos collègues, qui se permettent habituellement de prendre des libertés avec la loi, sont allés un peu trop loin…

— Certains de mes collègues ?…

— Ne faites pas l'innocent !

A cet instant, le regard de Marin devint fiévreux. A ses côtés, Neubourg était incapable de réagir. Le commissaire Kœnig, qui ne se faisait guère d'illusions sur ses chances d'enterrer cette affaire, tenta une contre-attaque. Pour l'honneur.

— Ce que vous avancez là est très grave… J'espère que vous vous rendez compte des conséquences éventuelles de vos accusations… Je ne suis d'ailleurs pas certain que vous ayez le courage de les consigner par écrit… *Verba volant, scripta manent…*

Neubourg releva la tête en entendant l'adage latin. Voilà que le commissaire se mettait à réciter les pages roses du Petit Larousse. Il recommençait son petit théâtre de l'autre soir ! On ne pouvait décidément pas lui faire confiance. Ce flic était une canaille.

Marin s'était assis et fixait le commissaire avec un air de défi.

— Je vais signer une déposition si vous le souhaitez…

Impassible, Kœnig tira sa machine à écrire devant lui et sortit un formulaire du tiroir de son bureau.

Soudain, Arzel entra. Il ne fit pas attention à Marin et Neubourg.

— Monsieur le divisionnaire !… La gendarmerie vient de trouver le cadavre du commissaire Andréani dans la forêt de Rambouillet. Il était enfermé sans vie dans sa voiture. Il s'est tiré une balle dans la tête avec son arme de service !

XVIII

Il faisait déjà nuit. Aussi embarrassés que Kœnig par ce qu'ils venaient d'apprendre, Marin et Neubourg lui demandèrent s'ils pouvaient le quitter. Tous se sentaient paralysés dans une chaleur venimeuse. Leurs traits tirés encadraient lourdement leurs regards durs. Sans arrêt, le commissaire s'épongeait le front. Les tics de son visage trahissaient son affolement. Il les laissa partir, ravi de se débarrasser de ces témoins encombrants.

En les quittant, il eut un sourire contracté.

— Il faut qu'on se revoie… Votre déposition sera importante…

— Et Maranges ?

C'était Neubourg, toujours méfiant, qui avait parlé. Son ton était à la limite de l'irrespect. Il y avait tellement de chambard dans la tête de Kœnig qu'il oublia de le relever.

— On va le retrouver. S'il est encore en vie…

Le jeune homme déglutit. Seul Marin, après avoir échangé quelques mots avec le commissaire, lui serra la main.

Dans la rue, il s'emporta. Merde ! Cette fierté ne rimait à rien. Kœnig n'était pas une crapule. Le suicide d'Andréani avait semblé le soulager, comme s'il s'était senti débarrassé d'un fardeau. Neubourg ne voulait pas l'admettre. Point par point, il contra l'argumentation de son aîné, défit sa démonstration, avança les preuves de son égarement, le supplia de le croire. Incapables de se mettre d'accord, les deux hommes cessèrent de discuter.

Ils rejoignirent le 8e arrondissement à pied et récupérèrent leur voiture avant de rentrer chez Marin. Aussi taciturnes l'un que l'autre, ils attendirent d'être arrivés pour se remettre à parler. Neubourg était persuadé que la fuite de Montagny était une invention des flics. Il était convaincu que les lardus l'avaient simplement mis au vert en attendant qu'on l'oublie.

— Non ! criait Marin. Ça fait des années que cette histoire de corruption à la Mondaine traîne… Tout le monde sait qui est en cause… Koenig n'a jamais été dans le coup…

Par ironie ou par hasard, Neubourg caressait les bleus que lui avaient laissés les flics en écoutant son ami.

— Et tu crois que, l'autre soir, il m'a fait boucler pour le plaisir ?…

— Il voulait seulement récupérer le pognon…

— T'es assez naïf pour penser que cet argent est propre ?

— Je ne vais pas te rappeler une conversation que nous avons eue… L'oseille, c'est toujours sale !…

— Oui ! mais celle-là provenait du pain de fesse…

— Tu mélanges tout ! Kœnig n'appartient pas au groupe d'Andréani… Le ministère lui a demandé de remettre de l'ordre pour éviter d'avoir à saisir le procureur… On peut dire que c'est plutôt raté… Une enquête va être ouverte… Heureusement pour Maranges, Andréani s'est désigné coupable en se tirant une balle dans la tête…

— Tu en es sûr ?

— Kœnig me l'a avoué… Son but était de faire tomber Maranges pour blanchir Andréani… Mais cette mort change tout… De toute façon, ils n'avaient rien contre Maranges…

Neubourg regarda Marin.

— Tu penses que Maranges est encore en vie ?

— J'en suis persuadé… Selon Kœnig, Montagny et Bouzeron le retiennent depuis vendredi… Il tient ça de la fille qu'il a arrêtée chez eux… Elle a assuré qu'il était encore en vie ce matin… Ils l'ont emmené avec eux lorsqu'ils ont quitté Paris…

— Comment le retrouver ?…

— Ne tracsire pas !… Montagny et Bouzeron n'ont plus un flèche, leur patron est mort… Ça m'étonnerait qu'ils s'encombrent très longtemps d'un otage inutile…

Le regard perdu, Neubourg remuait doucement la tête. Marin se leva et sortit une bouteille de Jameson. Se noircir était ce qu'ils avaient de mieux à faire.

Il servit deux verres qui furent bientôt vides.

Puis ce fut la bouteille.

Ce qui désespérait Marin, c'est de n'avoir pas mené la guérilla dont il avait conçu le projet insolent. Cette histoire aurait pu s'achever par une fusillade, un règlement de comptes sanglant, un assaut glorieux… Ça se terminait autour d'une boutanche.

Il en ressortit une autre, toujours du Jameson.

Neubourg, qui commençait à avoir un sacré coup dans les carreaux, se mit à tenir des propos incompréhensibles.

— Marangesmaokœnigcéfoutudenottegueleyfôleretrouver…

Il était tard et Marin se dit qu'il appartiendrait éternellement au camp des perdants. Cette affaire était une occasion inespérée de vivre quelque chose de violent et de grand. Elle se terminait lamentablement. Maintenant que Kœnig les avait vus, ils ne pourraient rien entreprendre. A moins de vouloir endosser la responsabilité de toute cette mouscaille.

Marin sortit la caisse d'armes cachée dans le bas de sa bibliothèque. Avant que ça dégénère, il voulait mettre à l'abri son P.08 et son Walther PPK. Il imaginait déjà le jeune homme blindé comme une cantine tirant des coups de feu par la fenêtre. Il le vit hurlant des slogans belliqueux, insultant la ville entière et déclenchant une émeute. Ce n'était pas indispensable.

Au moment de refermer la boîte, Marin s'attarda comme à regret sur son arsenal. Le feu d'artifice aurait pu être joli. Il vit les hommes d'Andréani pris au piège, les voitures renversées, les balles qui fusaient, les morts et la libération de Maranges. Ça lui aurait peut-être coûté cher, mais il l'aurait menée, sa petite guerre ! Une fois encore, il ne se consolait pas d'être toute sa vie passé à côté de son histoire. Il se revit sortant les pistolets, il s'entendit encore une fois donner les consignes à Neubourg. Il eut envie de chialer comme un gosse. Un vieux cinglé, voilà ce qu'il était, un gâteux usé ruminant des rêves de révolution.

L'échec avait tenu à peu de chose. Ils auraient dû arriver chez Montagny quelques heures plus tôt. Maintenant, ils étaient obligés de s'en remettre à Kœnig. C'était peut-être aussi bien. Marin continuait de faire confiance au commissaire. Ni les déploiements d'éloquence de Neubourg ni sa fièvre ne l'avaient troublé. Il avait simplement peur que le ministère demande à Kœnig d'empêcher le pronostiqueur de réapparaître. Le désir secret des autorités était probablement que Montagny et Bouzeron finissent par le liquider. L'histoire serait plus facile à écrire.

Ce n'était pas par passion pour Maranges que Marin voulait éviter un malheur. Le bonhomme ne lui plaisait qu'à moitié. Trop flambeur, trop futile, trop démonstratif. Son entêtement à le retrouver était une manière d'être cohérent. Marin aimait aller jusqu'au bout. Neubourg était capable des plus extravagantes cabrioles, il aurait été lâche de le laisser se débrouiller seul.

Marin repensait à la facilité avec laquelle les flics lui avaient pris l'argent une première fois, lorsque son téléphone se mit à sonner.

*

— A l'hôtel Cayré, je te dis ! En bas du boulevard Raspail !

— Mais c'est un piège ! On va se faire avoir !

— Si c'était un piège, il m'aurait pas donné rendez-vous au bar !

Neubourg n'en revenait pas. Il dormait depuis un quart d'heure sur le canapé de Marin lorsque son ami l'avait réveillé pour lui annoncer que Maranges venait d'appeler.

— Maranges ?

— Lui-même !

— Il est où ?

— A Paris… Ils l'ont libéré voilà deux heures…

Les deux hommes étaient maintenant assis à l'arrière d'un taxi. L'alcool que Neubourg avait dans le sang décuplait son scepticisme. Il ne voulait pas croire que Maranges avait téléphoné, répétait que Marin avait été trompé, lui redemandait sans cesse si c'était bien sa voix qu'il avait entendue.

Plus calme, Marin repensait à la conversation qu'il avait eue. Un sourire de satisfaction s'était inscrit sur son visage. Leur échange avait été bref, mais il avait eut le temps de comprendre les circonstances de ce dénouement imprévu.

Ses rêves de partisan avaient fini de se dissiper lorsque le taxi stoppa en bas du boulevard Raspail. Inlassable fossoyeur de ses échecs, Marin avait enterré ses factieux desseins comme ses illusions d'autrefois, comme certains de ses plus proches amis ou comme son grand-père. Il se souvenait des obsèques de son pépé proustien comme si c'était hier. Sa grand-mère avait pleuré parce qu'il n'y avait pas de messe et n'avait cessé de se lamenter pour l'âme de son mari. Marin avait lu un poème de Jude Stefan. Le bruit que firent les pierres mêlées à la terre lorsqu'elles tombèrent sur le cercueil résonnait encore dans sa tête. Dans la bouche, il avait eu un drôle de goût de cendres. *Memento, homo, quia pulvis es, et in pulverem reverteris*. Voilà la seule chose sensée que l'Eglise ait jamais dite. Tu retourneras en poussière. Elle avait oublié de préciser que c'était pour l'éternité. Marin pensait que seuls les faibles s'inventaient une consolation, des prières, un paradis. Le corps de son grand-père était descendu en terre et il avait refusé de transiger avec la douleur. Regardant la mort en face, il avait fixé sans trembler ce trépas qui ressemblait au sien.

Lorsque Marin cessa de penser à la mort, il était dans le hall de l'hôtel Cayré. Neubourg devant lui courait presque. Il le suivit jusqu'au bar. Maranges n'était pas là. Ils s'installèrent à une table isolée. Neubourg trépignait.

— On s'est fait avoir… Tu vois bien qu'il ne viendra pas…

Marin ne répondit même pas. Il songeait à la page blanche dont il avait cru disposer et au point final si vite arrivé. Neubourg pouvait s'attendre à un ultime ricochet, tout était terminé. Cette histoire s'était réglée sans qu'il ne se fût rien passé. Le jeune homme fut seul à sursauter lorsque Maranges apparut.

Il s'avança vers eux. Ses yeux vifs, son teint presque clair et son maintien guilleret semblaient indiquer qu'il était en bonne forme. En regardant son blazer, sa cravate et son pantalon gris, Marin se demanda s'il ne s'était pas moqué d'eux. Son visage portait cependant quelques ecchymoses très parlantes.

Le premier, Neubourg se leva et prit le pronostiqueur dans ses bras. Il en eut presque honte, mais il avait ressenti le besoin de matérialiser leurs retrouvailles. Après lui, Marin lui serra simplement la main. Puis il l'invita à s'asseoir.

— Qu'est-ce qu'on boit ?

— J'ai commandé du champagne…

Plus tard, Neubourg dirait à Marin qu'il avait été impressionné par cette coquetterie. Son aîné lui répondrait que c'était du vent, du flanc, du faux-semblant. Un costard neuf, des pompes brillantes, une Veuve Clicquot… Pour qui les prenait-il ? Deux jours durant ils avaient cru revivre le siège de Saint-Jean-d'Acre, la bataille de Wagram, la prise du palais d'Hiver, la Longue Marche… Et lui les traitait comme des filles.

Marin était injuste. Il y avait chez Maranges un besoin de se rassurer. Tout ce qu'il accomplit ce soir-là eut pour seul objet de lui rappeler qu'il était en vie. A l'hôtel Cayré, les trois hommes parlèrent peu, mais Maranges prit le temps de leur raconter son cauchemar. Les fauteuils étaient profonds, et il savoura voluptueusement ces minutes débarrassées du temps.

Pendant trois jours, il était resté enfermé dans le coffre de sa voiture, avec à peine de quoi manger et tout juste de quoi respirer. Une attente interminable au cours de laquelle il s'était demandé comment il allait s'en sortir.

Un coup de matraque avait suffi à Montagny et Bouzeron pour l'estourbir dans la nuit de jeudi à vendredi. Maranges se souvenait d'une décharge violente sur le haut de son crâne et du trou noir qui avait suivi. Lorsqu'il s'était réveillé, il était dans le noir, ligoté, bâillonné, seulement capable de comprendre qu'il était enfermé dans sa voiture. L'expérience la plus âpre avait été de n'avoir aucune idée ni du jour ni du lieu de sa détention et d'être confronté au silence. Une odeur d'huile lui avait fait penser à un garage mais rien ne lui avait permis de le vérifier.

Une mort silencieuse et ridicule était la fin à laquelle il s'était d'abord attendu. Puis Montagny et Bouzeron étaient venus le voir pour lui expliquer ce qu'ils voulaient. Ils avaient braqué sur lui une grosse lampe torche pour l'aveugler. Ils lui avaient enlevé son bâillon mais avaient refusé de répondre à ses questions.

— On est quel jour ?… Où sommes-nous ?…

A chaque fois ça avait été un coup de poing dans les reins généreusement administré par Montagny. Lorsque Maranges avait demandé à manger, ses ravisseurs lui avaient expliqué qu'il pourrait s'empiffrer autant qu'il le voudrait lorsqu'il aurait restitué son argent au commissaire Andréani.

— Tu devais te douter qu'Andréani était derrière cette histoire ?… lui demanda Neubourg en interrompant son récit.

Maranges promit que non. Il jura qu'il n'avait rien compris à ce qui lui était arrivé, qu'il avait été surpris d'entendre le nom du flic et plus ébahi encore lorsqu'il l'avait vu débarquer. Agacé par l'inefficacité de ses hommes de main, le commissaire était en effet venu l'interroger lui-même, sans plus chercher à se cacher.

Au risque de paraître frivole en la circonstance, Maranges avait essayé d'argumenter, tenté de défendre ses droits et expliqué à Andréani que cet argent lui appartenait. Mais à chaque fois le policier était devenu plus irascible. Dans son hystérie, il expliquait être un justicier chargé de reprendre une somme extorquée par Maranges à Martine Musil. Il ne voulait pas entendre parler de ses dettes de jeu. Il était redevenu le commissaire divisionnaire Simon Andréani de la brigade de répression du proxénétisme et voulait faire rendre gorge à un petit maquereau. Il lui avait parlé de tribunal, de procès-verbal, de procureur, de pièces à conviction, d'enquête, de charges, de prison…

Le plus étonnant est que Maranges ait réussi à tenir. Enfermé dans le coffre de sa voiture, isolé dans un lieu désert, tabassé, insulté, roué de coups, il avait rassemblé en lui assez de ressources pour défier la furie de ses agresseurs.

En écoutant son récit – qui fut confirmé par la suite –, Marin se dit que Maranges valait plus qu'il ne le pensait. Ce garçon dont il avait toujours cru la vie intérieure inexistante avait trouvé la force de résister. A Andréani qui lui demandait son argent, il avait expliqué qu'il l'avait déjà employé à payer ses dettes.

Il avait bravé les coups et les humiliations, il avait apprivoisé la peur, acclimaté le glissement feutré de la terreur à chaque fois que son coffre avait été rouvert et que la lumière l'avait aveuglé. Au bout d'un certain temps, Montagny lui avait donné à boire. Il se souvenait du goût étonnant de l'eau, de sa douceur fraîche dans sa gorge brûlante. Il avait trouvé suffisamment d'énergie dans ces quelques gorgées pour continuer à se battre.

Montagny et Bouzeron n'étaient pas des étrangers dans le mitan parisien. Maranges les avait quelquefois rencontrés et il les avait tout de suite reconnus. Il pensait que deux petits voyous de leur calibre n'étaient pas assez détraqués pour se mettre un meurtre sur le dos. C'était face à Andréani qu'il devait tenir.

Dès le début, son pari avait été que le commissaire ne le flinguerait pas. C'était quand même un lardu. Son idée avait été de réussir à tenir plus longtemps que lui, de l'user et de le faire renoncer. La gageure était un peu insensée mais les événements avaient fini par lui donner raison.

Tout s'était joué au moment où Andréani avait sorti son calibre et l'avait pointé en hurlant sur la tempe de Maranges.

— Oh ! mon Neubourg ! Quelle tête je devais faire avec un pétard braqué sur moi… Dans ces moments-là, on n'a plus le sens de rien, courage, danger, héroïsme, trouille, tout s'embrouille…

— Comment t'as pu supporter ça ?…

— Je me suis dit que si je craquais, Andréani allait non seulement récupérer l'argent mais en plus me faire plonger… Ça faisait trop longtemps qu'il voulait m'éliminer…

Après cette scène du pistolet, Maranges avait senti la panique envahir Andréani. Les discussions que le flic avait avec Montagny et Bouzeron avaient semblé plus nerveuses. Sans très bien distinguer les griefs d'Andréani, le pronostiqueur avait cru saisir qu'il leur reprochait d'avoir tué deux personnes. Il n'avait pas tout entendu depuis son coffre, mais il avait senti une soudaine tension. Après une longue conversation, le commissaire avait demandé à ses sinistres lieutenants de se débrouiller seuls, il avait encore prononcé le nom de Marie Toumieux et de Jimmy dont il semblait regretter la mort, et il était parti.

La voiture dans laquelle était enfermé Maranges avait démarré. Il avait semblé au pronostiqueur qu'elle faisait plusieurs kilomètres. Au bruit alentour, il avait cru reconnaître une autoroute. Il avait également compris qu'ils rentraient dans Paris.

A nouveau il s'était retrouvé dans le silence et l'obscurité de ce qui semblait être un parking souterrain. Il était resté là de longues heures et n'avait plus revu ses agresseurs avant qu'ils reviennent pour le détacher. Montagny lui avait ôté ses liens et lui avait laissé les clefs de sa voiture. En partant, il avait l'œil mauvais.

— On peut dire que tu as eu de la chance…

Il avait décanillé dans une Mercedes conduite par Bouzeron.

— Ça s'est passé quand ? demanda Neubourg.

— Ce soir vers dix-huit heures… Sur le coup, je n'ai même pas pensé à regarder ma montre. Je me suis assis au volant de ma voiture, j'ai repensé à la mort de la Marquise évoquée à mots couverts par Andréani, et j'ai essayé de garder mes moyens. Quelques détails m'avaient permis de reconnaître un parking de l'avenue Foch… Je ne me suis pas éternisé…

— Tu sais ce qui est arrivé à Andréani ?

— La première chose que j'ai faite en arrivant à l'hôtel, c'est de me couvrir. J'ai appelé un flic de l'antigang qui a autre chose à faire que de compter fleurette aux putes. Il a le bon goût de détester Andréani… D'après ce que j'ai compris, ce con s'est fait sauter le caisson en laissant une lettre qui m'accusait…

— Une lettre ?

— C'est ce qu'on m'a dit… Mais qu'est-ce que les lardus ont contre moi ? Ce n'est pas de ma faute si un divisionnaire déraille après s'être roulé un pétard avec sa carte de flic…

— Il faudrait surtout que les bourres remettent la main sur Montagny et Bouzeron et que ces gus racontent ce qui s'est passé…

— C'est fait…

— Ils ont été pris ?

— Les gendarmes les ont arrêtés à l'entrée de l'autoroute.

Neubourg se racla la gorge.

— Tu t'es pas trompé pour la Marquise… Ils l'ont fait cramer…

— Evite-moi les détails…

La voix avec laquelle Maranges avait répondu était blanche. Maladroitement, Neubourg poursuivit :

— Autrement… pour l'argent…

— Pas ici.

— … le bébé de la Marquise est à l'abri.

— Pas ici, je t'ai dit.

Le visage de Maranges s'était durci. Il se leva et regarda Marin.

— Merci pour ce que tu as fait.

Puis il se tourna vers Neubourg.

— Je ne sais pas si ce gaillard aurait pu se débrouiller tout seul…

Il s'approcha du jeune homme et le serra dans ses bras.

— Inutile de m'expliquer… J'ai compris… Tu te laisses trop facilement enivrer par les mots… Vieillis, prends encore quelques coups… Tu comprendras alors qu'on est plus regardé qu'écouté…

*

Marin était allé se coucher. Neubourg l'avait laissé devant la gare Montparnasse avant d'entrer dans un bar mexicain où des serveuses scandinaves qui portaient des Wonderbras servaient des boissons fortement alcoolisées en ondulant des hanches.

A cette heure, le jeune homme ne trouva qu'un double Jack Daniel's sans glace pour apaiser sa stupeur. En d'autres circonstances, le son étourdissant des standards disco l'aurait amusé. Ce soir-là, il servit surtout à empêcher son cerveau de fonctionner. Les visages et les voix se mélangeaient dans son esprit. Il avait trouvé Maranges ingrat et ne comprenait pas son silence à propos de la Marquise. Son attitude, qui l'avait troublé, avait libéré dans son crâne des fantômes inquiétants.

Cette histoire agaçait Neubourg. Il avait à peine entravé le début et ne comprenait pas la fin. Le détachement affecté par Marin était incompréhensible. Le jeune homme commanda un autre bourbon en se demandant s'il allait réussir à revoir Mao, si douce et si désirable. La pensée de son amie n'avait pas cessé de l'obséder, même s'il s'était juré, en apprenant la mort de Marie Toumieux, de ne jamais lui pardonner sa trahison, de trouver un chemin à sa vengeance, quitte à laisser tomber sur lui le ciel. Naïvement, il espérait immortaliser le sacrifice de la pute.

Toutes ces querelles poursuivaient Neubourg lorsqu'il reconnut une chanson qui le touchait à chaque fois qu'il l'entendait. En écoutant cet hymne du dépit amoureux, il eut l'impression de revoir la Méditerranée à la montée du soir, l'éclairage éblouissant, le scintillement doré de la mer et l'horizon rouge à perte de vue. Après des années, la mélancolie tissée par les violons, le roulis langoureux des percussions et les solos de piano aux accents blues demeuraient absolument troublants. Neubourg oublia tout.

Le bonheur était là, dans la lumière soyeuse que diffusent les mélodies familières au sein des esprits légèrement enivrés.

ÉPILOGUE

Hôtel Cavallino
Naples

Le 7 novembre 199…

Mon cher Neubourg,
J'ai suivi dans la presse les développements de l'affaire à laquelle tu t'es autorisé à me mêler. Tu as eu ce que tu voulais ! Tu es devenu célèbre ! Comble du bonheur, ni toi ni Marin n'avez été inquiétés après la mort du commissaire Andréani. Vous avez dû vous en réjouir ! Vous êtes trop naïfs pour vous apercevoir qu'on vous a considérés comme deux imbéciles mêlés à un scandale qui les dépassait.

Ce n'était peut-être pas le cas de Maranges, mais j'ai lu que le juge n'avait rien prouvé contre lui et qu'il avait été relâché après quelques semaines de prison. Personne ne croit évidemment à son innocence (moi la première) mais lorsqu'on a comme toi pour seul but de défier la loi, on doit se féliciter d'avoir joué un mauvais tour à la justice. J'ai apprécié le portrait de toi que j'ai lu dans Le Parisien *fin août. Le signataire de l'article ne s'est pas trompé sur ta vanité.*

Ce n'est pas pour les diverses convocations au commissariat, pour la perquisition à mon domicile ou pour la mention faite de mon nom dans les journaux que je t'en veux. Les policiers ont vite compris que je ne savais rien. Ils ont toujours été courtois avec moi. Mais je ne te pardonnerai jamais de m'avoir mouillée dans une aventure douteuse uniquement pour satisfaire ton romantisme malsain.

Mon pauvre Neubourg ! Je connais tes justifications... Les rêves, le jeu, s'inventer des histoires quand on n'a pas d'Histoire. Tu m'as raconté ça des nuits entières. Je n'ai rien oublié de tes dissertations sur l'honneur. Père, maîtresse, honneur, amour, noble et dure contrainte, aimable tyrannie, et patati et patata... Tu m'as récité ça au moins cent fois.

Si tu avais voulu... Si tu ne t'étais pas pris pour un personnage de tragédie... Combien de fois... J'avais des sentiments pour toi. Au lieu de t'en montrer digne, tu t'es esquivé. Que t'apporte Maranges ? Le plaisir de t'encanailler ? Mon pauvre ami ! Et dire que j'ai failli être amoureuse de toi. Heureusement que tu n'as jamais été à la hauteur !

Je suis en Italie depuis trois semaines et je ne suis pas près de remettre les pieds à Paris. Bill va monter une affaire à Singapour à la fin de l'année avec un ami. Nous allons nous installer là-bas. Nous resterons en Asie au moins cinq ans. Crois-moi, nous ne sommes pas pressés de rentrer en France, surtout pour y retrouver des Français de ton espèce !

Adieu Neubourg. Je sais que tu vas me trouver pompeuse, mais je n'ai plus que ce mot à t'écrire : adieu.

MAO

FIN

Paris, mai 1996-juillet 1997

TABLE

BABEL

Extrait du catalogue

307. GÉRARD DELTEIL
Schizo

308. DENON / EL-GABARTI
L'Expédition de Bonaparte en Egypte

309. JEAN-JACQUES ROUSSEAU / MADAME DE LA TOUR
Correspondance

310. MAN RAY
Autoportrait

311. ROBERT BELLERET
Léo Ferré, une vie d'artiste

312. MAXIME VUILLAUME
Mes cahiers rouges

313. HELLA S. HAASSE
Les Routes de l'imaginaire

314. JEAN-CLAUDE GRUMBERG
L'Atelier / Dreyfus… / Zone libre

COÉDITION ACTES SUD – LEMÉAC

Ouvrage réalisé par les Ateliers graphiques Actes Sud. Achevé d'imprimer en mars 1998 par Bussière Camedan Imprimeries à Saint-Amand-Montrond (Cher) sur papier des Papeteries de Jeand'heurs pour le compte d'ACTES SUD Le Méjan Place Nina-Berberova 13200 Arles.

Dépôt légal 1re édition : mars 1998. N° d'éditeur : 2810.

N° impr. : 981512/1.